Günther Lenz

Und alles wird gut

Bibliografische Information der Deutschen Nationalbibliothek
Die Deutsche Nationalbibliothek verzeichnet diese Publikation in der Deutschen National-bibliografie; detaillierte bibliografische Daten sind im Internet über http://dnb.d-nb.de abrufbar.

Herstellung und Verlag: Books on Demand GmbH, Norderstedt

ISBN: 978-3-8370-6959-4

Günther Lenz

Und alles wird gut

Märchenhafte Erzählungen
nach der Lebenslehre des Tao

Dem Kind in dir,
deiner Seele,
gewidmet.

Inhalt

Vorwort

Die in diesem Band zusammengefassten *märchen-haften Erzählungen* gleichen Märchen. Wie diese sind sie „Verdichtungen" wesentlicher Lebenswahrheiten, die im Besonderen den Weg des Reifens und Erkennens darstellen.

Da Märchen eine direkte Beziehung zu unserer Seele aufweisen, spiegeln sie typisch menschliche Schicksale und Verhaltensweisen wider und können deshalb zu Leitbildern und Orientierungshilfen in unserem Leben werden.

Zudem sind sie Ausdruck dafür, dass wir dem LEBEN vertrauen dürfen und in einer sinnvollen Welt geborgen sind, auch wenn wir diese als Ganzes nicht oder nur über Gleichnisse erfassen und verstehen können.

Mit tiefer Symbolkraft weisen die Erzählungen darauf hin, wie sehr das LEBEN sich um die Erhaltung und das Wohl seiner hervorgebrachten Geschöpfe müht.

In der Identifikation mit den in den Geschichten dargestellten Handlungsträgern erkennt der Leser, dass die Befreiung aus einer Bedrängnis nicht allein nur ein einmaliger Akt der Erlösung ist, sondern ihn weiter führt – zur Selbsterkenntnis, die ihm zeigt, dass die Gründe für die Probleme in der verwirrend erscheinenden Welt vor allem im eigenen Fühlen und Denken zu suchen sind.

Von der Darstellung des Handlungsverlaufes bis hin zu seinem beglückenden Abschluss zeigt sich in jeder Erzählung eine erlösende Botschaft, die auf das innerste Sehnen des Menschen Antwort gibt; sie lautet:

Du bist geliebt und angenommen. Vertraue dem LEBEN, denn alles ist gut, auch wenn du es noch nicht erkennen kannst.

Die Geschichte vom König und der Nachtigall

Vor vielen Jahren lebte in einem fremden Land ein König, der sein Volk mit Umsicht und Mühe regierte.

Eines Tages aber wurde er krank, und er rief seine besten Ärzte zu sich. Da sie jedoch die Ursache seiner Krankheit nicht finden konnten, blieben alle Heilungsversuche erfolglos.

Man rief im ganzen Lande nach weiteren Heilkundigen; aber auch sie konnten mit all ihrem Wissen und ihrem unermüdlichen Einsatz dem kranken König nicht helfen. So wurde er immer schwächer und schon fürchtete man, dass er bald sterben müsse.

Da geschah eines Abends ein wunderlicher Zufall: Vor dem Fenster des königlichen Gemaches sang in der Abenddämmerung eine Nachtigall so schön und wohlklingend, dass der König zu lauschen begann, sich aufsetzte und sich der herrlichen Weise hingab. Schließlich stieg er aus dem Bett und trat an das Fenster, um dem lieblichen Gesang näher zu sein.

Wie erquickte dieser Melodienreigen das Herz des Königs! Ja, er war erfüllt von einer tief empfundenen Seligkeit, die ihn so sehr belebte, dass er am nächsten Morgen schon zeitig sein Bett verlassen konnte und nach dem Frühstück verlangte.

Alle im Schloss waren höchst erstaunt, ihren König auf wundersame Weise geheilt zu sehen. Sogleich erkundigten sich seine Minister und Berater nach der Ursache der schnellen Genesung, und der König erzählte ihnen, was sich am Abend zugetragen hatte.

In seiner Freude beschloss er, seiner Retterin einen Platz in der königlichen Residenz zum Wohnen anzuweisen.

Noch am selben Tag wurden Boten ausgesandt, um die liebliche Nachtigall herbeizuholen. Überall im großen Reich suchten sie nach ihr, doch sie konnten sie nirgendwo finden.

Erst als sie am Meeresstrand einen Fischerjungen nach ihr befragten, erhielten sie die gewünschte Auskunft über deren Aufenthalt.

Schnell ließen sich die Boten von ihm zur Nachtigall geleiten.

Dort angekommen vermeldeten sie ihr des Königs Wunsch.

Die Musikantin war sehr erfreut, als sie erfuhr, dass sie mit ihrem Gesang die schlimme Krankheit des Königs vertrieben hatte. Obwohl sie den Dank – diesen Dank im Schloss zu wohnen – nicht gerne annehmen wollte, fügte sie sich und folgte den Gesandten.

Herzlich begrüßte sie der König, und höchstpersönlich wies er ihr ihre neue Wohnung, einen Käfig aus purem Gold, verziert mit vielen Edelsteinen, zu.

Willig gehorchend, aber nicht glücklich, begab sich die Nachtigall in den Käfig, der nun ihr neues Zuhause sein sollte.

Der froh gestimmte König glaubte freilich, seinem Gast ein großes Geschenk bereitet zu haben und erhoffte sich deshalb einen gewiss noch schöneren Gesang der Nachtigall an diesem Abend.

Zwar begann sie in der Abenddämmerung mit ihrem Konzert, doch es waren viele klägliche Töne in ihren Liedern zu hören.

Der König bemerkte davon nichts.

Mit innerer Zufriedenheit den wundervollen Klängen zugewandt, genoss er es, die vorzügliche

Musikantin an seinem Hofe zu haben. So wurde er immer vergnügter und fröhlicher – und bald war er gänzlich gesund.

Die Nachtigall wusste, dass der König durch ihren Gesang genesen war und bemühte sich deshalb aus ganzem Herzen, ihm Abend für Abend vorzusingen. Aber es wollte ihr nicht mehr so gut wie früher gelingen.

Schließlich kam jener Abend, an dem sie nicht mehr singen konnte. Mit größter Anstrengung versuchte sie, ihrer Kehle Töne zu entlocken; allein, es blieb bei unglückseligen Versuchen. Traurig saß sie da und aus ihren Äuglein rollten kleine glitzernde Tränen.

Erstaunt sah der König auf, denn er erwartete auch heute den schönen Gesang der Nachtigall.

Doch sie blieb stumm.

Besorgt rief der König nach seinen Beratern und Weisen. Sie sollten Auskunft geben, warum die Nachtigall nicht mehr sänge. – Ihr übergroßer Eifer aber und auch die vielen Worte, die sie flink gebrauchten, halfen leider nicht, den wahren Grund zu finden.

Wieder wurden Boten über das ganze Land geschickt, die in Erfahrung bringen sollten, weshalb die Nachtigall verstummt sei.

Indes verfiel der König wie früher seiner Krankheit, die sich von Tag zu Tag verschlimmerte.

Als die königlichen Boten ihre erfolglosen Nachforschungen schon aufgeben wollten, trafen sie den Fischerjungen, der mit der Nachtigall befreundet war, wieder am Strand und fragten auch ihn.

Ja, und er wusste es, warum die Nachtigall nicht mehr singen konnte: Sie bräuchte ihren Wald, die würzige Luft, ihre Freunde, die abendliche Stille am Meer und vor allem ihren geliebten Himmel mit dem Mond und den unzähligen Sternen.

Schnell überbrachten die Boten diese Nachricht dem König, der darüber sehr traurig wurde, denn nun musste er seine geliebte Musikantin, die ihn von der schweren Krankheit befreit hatte, wieder fortlassen. Dies aber bedeutete für ihn Krankheit, Siechtum und Tod.

Kraftlos öffnete der König die Tür des prächtigen Käfigs und deutete der Nachtigall an, dass sie in ihre Welt hinausfliegen könne.

Da war ein glänzender Schimmer in den Augen der kleinen Nachtigall zu sehen. Sie erhob sich, nahm Abschied und flog langsam in den Park hinaus.

Eine lange Zeit verging, ehe sie sich erholt hatte und wieder mit dem Singen zu üben begann.

Währenddessen lag der König schwer krank in seinem Zimmer und schaute voll Sehnsucht zu dem goldenen Käfig . Doch dieser blieb leer, und von dort erklang keine Stimme mehr.

In seiner Einsamkeit wünschte er sich über Tage und Wochen die kleine Nachtigall herbei, aber alles Wünschen blieb ohne Erfolg.

Endlich besann sich der geschwächte König nach langer Qual und Marter auf sich selbst und er überlegte, wie es gekommen war, dass er durch den herrlichen Gesang der Nachtigall gesund werden konnte.

Nach vielen ruhelosen Nächten glaubte er, die Lösung gefunden zu haben: Weil die Nachtigall so schön gesungen hatte, vergaß er sein un- heilvolles Denken und zermürbendes Grübeln. Indem er einfach nur dem wundervollen Gesang gelauscht hatte, versiegten seine finsteren und angsterfüllten Gefühle, und somit verlor seine Krankheit ihren gefährlichen Nährboden.

Von nun an übte er sich, eine freundliche und wohlwollende Gesinnung zu hegen. Dadurch wurde er immer zuversichtlicher und nahm end- lich wieder die vielen schönen Dinge in seinem großen Reich wahr.

Wenn dennoch dunkle Gedanken in ihm auftauchten, ließ er sie wie flüchtige Wolken gelassen vorüberziehen. Auch sprach er nun oft freudige und edle Worte aus, oder er sang ein Lied und vertrieb damit seinen Kummer.

Im Nu war dann sein Gedankenhimmel wieder hell und klar. Der König wurde dadurch so unbeschwert und dankbar in seiner Seele, dass er fortan jeden neuen Tag mit fester Zuversicht begrüßte und sich mit gutem Mut an seine Arbeit begab.

Bald hatte er sich selbst schon so weit geheilt, dass er im ganzen Lande von seinem eigenen Wunder berichten ließ.

Du kannst dir sicher gut vorstellen, dass viele seiner Untertanen diese Wunderkur auch für sich dringend benötigten und infolge ihres fleißigen Übens ebenso gesund und zufrieden wie ihr König wurden.

Doch die Geschichte ist noch nicht zu Ende. An einem Abend geschah nämlich etwas völlig Unerwartetes:

Als der König nach seiner Tagesarbeit ans Fenster trat, um sich am gestirnten Himmel zu erfreuen, glaubte er, seinen Ohren nicht trauen zu können.

Draußen in der Dämmerung saß die Nachtigall und sang so schön wie nie zuvor in ihrem Leben.

Sie war unendlich froh gestimmt in ihrem kleinen Herzen, denn auch sie hatte etwas Wichtiges erkannt: Sie hatte während der Zeit, als sie sich im goldenen Käfig befunden hatte, ihre wunderschöne Heimat in der Natur noch mehr schätzen und lieben gelernt. Und darüber war sie sehr glücklich.

Von nun an saß sie allabendlich im königlichen Park und sang für ihre Hörer Lieder vom wahren Sinn des Lebens.

Da waren das Glück des Königs und das der Nachtigall erst vollkommen und sie freuten sich beide, dass alles so war, wie es war.

Die Geschichte vom kleinen Fischlein

Einem vergnügten Fischlein baumelte eines Tages, als es so dahinschwamm, ein fetter Wurm vor dem Maul. Schon wollte es zuschnappen. Da fuhr ein Junge mit seinem Ruderboot daher. Er tauchte sein Paddel ins Wasser und hätte dabei das Fischlein fast getroffen. Mit einem kräftigen Flossenschlag rettete es sich aus dieser Gefahr.

Endlich hatte sich das Fischlein beruhigt und überdachte die Situation.

Da wurde es ihm plötzlich bewusst, dass es durch das Paddel des Jungen sein schönes Mahl – den fetten Wurm – hatte einbüßen müssen.

Ach, wie ärgerte sich unser kleines Fischlein. Doch es geriet in keine Raserei, denn es zählt ja, wie wir wissen, zur Gattung der Kaltblütler.

Vielleicht hatte seine Verstimmtheit noch lange angehalten oder auch nur eine kurze Zeit. Ich vermag es nicht zu sagen, weil ich es nicht weiß. Davon könnte höchstens das Fischlein selbst erzählen, wenn wir seine Sprache verstünden.

Etwas anderes aber sah ich, was unser Fischlein vermutlich gar nicht wahrgenommen hatte.

Der fette Wurm erschien dem Fischlein deshalb so frisch und lebendig, weil er sich vor Schmerzen wand. Er war nämlich an einem dünnen Angelhaken aufgespießt, der an einer feinen, fast unsichtbaren Schnur hing. Diese verlief hinaus aus dem Wasser, hinaus zu einer anderen Welt, von der das Fischlein wohl keine Ahnung hatte. – Und dort saß ein Angler, die Rute angespannt in den Händen.

Ja, wenn das Fischlein aus seiner Welt des Wassers in die feinstofflichere, atmosphärische Welt hätte schauen und erkennen können, dass der fette Wurm – für jeden Fisch nicht nur eine Augenweide – die allergrößte Gefahr bedeutet und das Paddel des Jungen ihm gar nicht nach seinem Leben getrachtet, sondern ihn vielmehr vor großem Schaden bewahrt hatte, dann wäre es nicht verärgert, sondern gewiss aus tiefstem Herzen dankbar gewesen.

Die Katze Mi
Oder: Wenn Tiere sprechen

D a ich als Kind die Sprache der Tiere verstand, wurde ich oft Zeuge, wenn sich die Tiere unseres Dorfes unterhielten.

Im Grunde sprachen sie wenig. Sie verstanden sich untereinander, da brauchte es keine oder nur wenige Worte, und über Selbstverständlichkeiten redete man ohnehin nicht.

Wenn also Tiere sprachen, hatte dies immer seine besondere Bedeutung: Das war kein Schnattern, Schimpfen oder Blöken, um sich die Zeit zu vertreiben. Nein, es ging in ihren Gesprächen stets darum, dass man lernt, das Leben zu verstehen und wie man sich anschickt, es zu meistern.

Insbesondere mussten die noch unerfahrenen Tierkinder gelehrt werden, wie sie sich im Dorf anderen Tieren und den Menschen gegenüber richtig verhalten.

So hörte ich an einem frühen, warmen Sommermorgen die Katze Mi, welche mir wohlbekannt war, wie sie ihre drei halbwüchsigen Kinder, zwei Katerchen und ein Kätzchen, auf Gefahren im Dorf hinwies.

Ruhig, besänftigend und ohne Angst und Sorge sprach sie zu ihren Kindern, die ihren Worten aufmerksam lauschten.

„Da ist vor allem der Hund des Schmieds", erzählte sie. „Er liegt viel in der Sonne, und man könnte meinen, dass er friedlich schlummert, aber dies täuscht. In Wirklichkeit wartet er nur darauf, sich auf ihm nahe gekommene Hühner, oder auch Katzen, zu stürzen. Schon manches Huhn musste seine Unvorsichtigkeit mit dem Leben bezahlen.

Ein Neffe von mir wurde erst im letzten Herbst schlimm von ihm zugerichtet.

Da wir fast täglich an ihm vorbei müssen, ist besondere Vorsicht geboten.

Wenn ihr jedoch auf der rechten Seite des Weges bleibt, so kann euch nichts passieren, denn seine Kette reicht nur bis etwa zur Mitte des Weges. Er kann euch natürlich noch immer mächtig erschrecken.

Da ihr dies nun wisst und gut aufpasst, so werdet ihr durch sein ungestümes Daherstürmen und Bellen nicht in Panik geraten, sondern unverdrossen eures Weges gehen."

Das kleine Kätzchen, das wie seine beiden Brüder aufmerksam zugehört hatte, seufzte tief. Ihm war das behagliche Schnurren vergangen.

„Ja, das ist nun einmal so", sagte die Mutter, ohne dass der geringste Ton der Anklage oder des Bedauerns in ihrer Stimme mitgeklungen hätte.

„Da ist dann noch der Hund des Wirts", fuhr die Mutter der drei Kätzchen nach einer Weile fort. „Ihr habt ihn sicher schon gesehen. Er hängt an keiner Kette, deswegen kann er euch überall auflauern, erschrecken und verfolgen. Doch eigentlich kann er uns wegen seiner geringen Körpergröße nicht gefährlich werden.

Da ihn euer Großvater vor gut zwei Jahren seine Krallen spüren ließ, fürchtet er seither jegliche körperliche Auseinandersetzung mit uns.

Er hat diese Niederlage bis heute jedoch nicht vergessen und versucht nun, jedes Mitglied unserer Familie zu erschrecken und in die Flucht zu treiben. Er rechnet damit, dass wir dann kopflos werden und uns selbst in eine gefährliche Lage bringen, indem wir vielleicht in eine Grube stürzen oder unter ein Fuhrwerk geraten.

Ihr müsst stets gefasst sein und dürft euch keine Angst anmerken lassen. Nehmt all euren Mut zusammen und zeigt ihm eure ganze Größe. Ja, geht auf ihn zu und schaut ihm fest in die

Augen. Ihr werdet sehen, wie schnell er sich dann abwendet und euch unbehelligt lässt.

Doch täuscht euch nicht in ihm; denn jederzeit kann er aus dem Hinterhalt wieder auf euch losstürmen und euch in Bedrängnis bringen."

Wieder seufzte das kleine Kätzchen. Es war ihm anzusehen, dass es Angst davor hatte, was die Zukunft ihm bringen würde. Doch Mi, die kluge Katzenmutter, beruhigte ihr Kleinstes und streichelte es sanft mit ihrer Zunge.

Die beiden Katerchen waren mutiger als ihr Schwesterchen. Sie versprachen ihrer Mutter, ihren Rat stets zu beherzigen. Da sollte der Hund des Wirts nur kommen. Es wird ihm nicht gelingen, ihre Freude am Leben zu trüben.

„So ist es recht", lobte die Mutter ihre Kinder. „Wir müssen uns nur richtig verhalten, so haben wir unser gutes Auskommen. Diese beiden Hunde sollen uns nicht verdrießen.

Bedenkt, dass auch wir von anderen Tieren gefürchtet werden. Da wir jedoch unserer Art gemäß leben müssen, hassen uns selbst die Mäuse und Vögel nicht, obwohl wir ihnen oft ein Leid zufügen.

Wenn wir lernen, unser Dorf so anzunehmen, wie es ist, wird es uns an nichts fehlen. Wir müssen einverstanden sein mit dem, was ist.

Drüben über dem Fluss lebt eine Schwester von mir. Ihr kennt sie nicht, denn als sie so alt war wie ihr, wurde sie zu einem Bauern dorthin gebracht. Obgleich es an diesem Ort weitaus größere Gefahren als bei uns zu bestehen gilt, hat sie sich gut eingerichtet und ist mit ihrem Leben zufrieden."

Nach einer kurzen Weile sprach die Mutter der jungen Kätzchen mit ruhigen Worten weiter:

„Auf ein Weiteres muss ich euch noch hinweisen, worauf ihr ebenfalls gut achtgeben müsst.

Unten am Dorfanger, nahe dem Flussufer, halten sich gewöhnlich die Gänse von mehreren Höfen auf. Meist ruhen sie dort, putzen sich oder zupfen die zarten Blätter des Gänsefingerkrauts. Sie beanspruchen diesen Platz für sich und dulden es nicht gerne, wenn andere Tiere oder auch die Kinder der Bauersleute in ihre Nähe kommen.

Freilich, eine einzelne Gans kann uns nicht gefährlich werden. Da sie sich jedoch stets in einer größeren Schar zum Angriff formieren, stellen sie für uns eine beträchtliche Gefahr dar.

Wir dürfen auf gar keinen Fall in einen Kampf mit ihnen verwickelt werden, denn mit ihren harten und spitzen Schnäbeln könnten sie uns schwere Verletzungen zufügen.

Wenn ihr an ihnen vorbei müsst und sie euch entdeckt haben, so werden sie mit ausgestreckten Hälsen euch bedrohlich anzischen, euch einkreisen und zu verunsichern suchen.

Bewahrt Ruhe und lasst euch auf keinerlei Händel mit ihnen ein. Verhaltet euch gerade so, als ob ihr sie nicht sehen würdet. Geht aufrecht und zielstrebig euren Weg und lasst euren Blick auf einem festen Punkt ruhen. Doch zugleich müsst ihr euch dessen gewahr sein, was rings um euch geschieht. Zeigt vor allem keinerlei Anzeichen von Angst und haltet sowohl inneren als auch äußeren Abstand zu ihnen.

Wie ich euch schon sagte, es müsste jede Einzelne von ihnen sich vor uns in Acht nehmen. Da sie aber stets gemeinschaftlich ihre vermeintlichen Störer bedrohen, sind höchste Achtsamkeit und Besonnenheit geboten.

Wenn ihr euch ihnen gegenüber jedoch in der erklärten Weise verhaltet, so werdet ihr bald unbehelligt bleiben und mit der Zeit auch nicht mehr von ihnen belästigt werden.

Erniedrigt sie nicht und macht sie nicht verächtlich, noch werdet vertraulich mit ihnen.

Bedenkt, dass auch sie in ihrer Weise leben müssen und sich deswegen oft genötigt fühlen, ihren Lebensraum gegen sich nähernde Eindringlinge zu verteidigen.

Betrachtet sie also nicht als Feinde und hegt keinen Hass und Groll gegen sie, denn diese Gefühle würden euch selbst nur schwächen und eure Achtsamkeit vermindern.

Denkt stets daran, dass Dinge, die wir nicht ändern können, wir nur dadurch überwinden, indem wir uns selbst zu verändern suchen."

Nach dieser Belehrung schwiegen die Mutter und ihre drei Kinder lange. Ganz still und nahezu unbeweglich verharrten sie in ihrer eingenommenen Körperhaltung. Fast schien es, dass sie eingeschlafen wären.

Wie aus einem Traum erwachend, streckten und dehnten sie sich schließlich und richteten sich nach einer Weile zu ihrer ganzen Größe auf.

Da war es mir, als wären die drei Katzenkinder in dieser eigentlich kurzen Zeit der Belehrung um ein Beträchtliches gewachsen und größer geworden.

Die Geschichte von der kleinen Rosenknospe

Seit mehreren Tagen schon stürmt ein mürrischer Wind durch die Straßen. Allerlei Unrat gehört zu seinem Gefolge: welke Blätter, dürres Gras, Papierfetzen, Staub…

So geht es Tag und Nacht.

In einem kleinen Vorgarten steht ein dorniges Gestrüpp. Vor ein paar Wochen aber, als die Sonne noch ihre warmen Strahlen ausschickte, hatte dieser Strauch viele fein gezahnte Blätter und eine Vielzahl zartester Blüten.

Die vorübergehenden Leute staunten damals über den herrlichen Rosenstock, und selbst wer es sehr eilig hatte, konnte nicht an ihm vorbei, ohne ihn, wenn auch nur für einen Augenblick, bewundert zu haben.

Als sich der heulende Wind nach ein paar Tagen beruhigt hatte und es in der frühen Abenddämmerung still wurde, konnte man ein leises Schluchzen aus der Richtung des Strauches hören.

Auch ich nahm es wahr. Ich ging näher und lauschte. – Da entdeckte ich schließlich eine kleine Knospe, die wegen des kalten Wetters gar jämmerlich klagte.

Es war wirklich kalt und unbehaglich, und der Himmel sah aus, als hätte er das Wasser aller Seen und Meere zu sich genommen. Da konnte es ewig regnen.

Die zierliche kleine Knospe jammerte und schluchzte: „Wie soll ich da nur überleben können? – Und überhaupt, in dieser kalten und hässlichen Zeit will ich gar nicht leben. Wenn es doch Sommer wäre oder die warmen Herbsttage noch andauerten. Dann lohnte es sich schon eher. – Aber so …

Ach, wie war das schön, als damals die vielen Blütengeschwister und auch ich Tag für Tag von Hunderten von fleißigen Insekten besucht wurden. Der betörende Duft, die strahlende Farbenpracht, das beruhigende Gesumm der Bienen – das war Leben!"

Ein plötzlicher Windstoß schreckte die kleine Rosenknospe aus ihren Träumen auf und brachte sie in die Wirklichkeit zurück.

Ja, das alles war nicht mehr. Der Sommer war vorüber, es war Spätherbst, und es war kalt und nass.

Noch lange haderte die kleine Rosenknospe über diese schlechte Zeit, oder sie tröstete sich mit bunten Träumen vom lieblichen Sommer.

Die Zeit aber wanderte weiter. Draußen wurde es von Tag zu Tag unfreundlicher und kälter.

Als die kleine Knospe nach langem Wimmern und Weinen für ihre Klagen und Träume keine Kraft mehr fand und schließlich völlig ermattet war, glaubte sie eines Abends eine feine, sehr leise Stimme zu hören:

„Du, kleine Rosenknospe. Hör auf zu klagen! Nütze die Zeit! Schnell, verschließe dich, denn bald kommt der Winter!"

Zuerst glaubte die Rosenknospe, dass sie geträumt hätte, aber das konnte nicht sein. Sie war vollkommen wach, denn deutlich sah sie die schweren, schwarzen Wolken am Himmel dahinziehen. Nein, sie träumte sicher nicht.

Mit Spannung und gesammelter Aufmerksamkeit lauschte sie in die Stille.

Ja, es war unverkennbar eine zarte, sanft sprechende Stimme zu hören, die jedoch nicht von außen, sondern vielmehr aus ihrem Innersten zu kommen schien.

„Wie kann dies nur sein? – Ich kenne mich doch", sprach die Knospe zu sich selbst. „Da sind die winzigen, eingefalteten Blütenblätter, hier die Staubgefäße und dort befinden sich die äußeren festen Kelchblätter. – Nein, von innen können die Worte nicht gekommen sein. Da ist nichts, ich würde es sehen oder berühren können."

Die Rosenknospe war so angespannt, dass sie erneut aufmerksam zu lauschen begann. Und wieder hörte sie die einem Hauch gleichende Stimme, die unaufhörlich – halb flehend, halb beschwörend – zu ihr sprach.

Noch immer suchte die kleine Knospe zu ergründen, woher das sanfte Flüstern käme. Schließlich aber vergaß sie ihre Überlegungen und wandte sich nun ganz den wohlmeinenden Worten zu.

„Bald wird es noch kälter werden", hörte sie die Stimme sagen. „Schnee, Eis, Reif und Nebel werden auf dich eindringen. Verschließe dich fest und sorgfältig! Schütze dich vor der Kälte und dem Wind und dichte alle Ritzen gut ab! Verschließe dich!"

Die kleine Rosenknospe zweifelte: „Was soll ich tun? Mich verschließen? Kann ich dieser geheimnisvollen Stimme denn überhaupt vertrauen? – Sollte es richtig sein, sich zu versperren, sich von der Außenwelt abzuschotten, um an seinem eigenen Überleben zu arbeiten?"

Nach vielen quälenden Fragen fasste die Knospe endlich den Entschluss, der Stimme zu folgen. Sie forschte nun nicht mehr danach, woher sie käme; es war ihr genug, sie zu hören.

Allmählich verstummten ihre bohrenden Zweifel und Ängste; sie vertraute sich mehr und mehr ihrer inneren Ratgeberin an und handelte schließlich entsprechend ihren Anweisungen.

Tagein, tagaus war die Knospe nun emsig beschäftigt, ihre äußeren Schutzblätter fester aneinanderzulegen und sie abzudichten.

Während ihr früher der Tag unendlich lang erschien, verging die Zeit jetzt wie im Fluge. Abends, wenn sie ihr Tagwerk noch einmal betrachtete, fühlte sie eine angenehme, wohltuende Müdigkeit, und sie freute sich schon auf den nächsten Tag.

Zwischen den Kelchblättern war bereits eine dicke Schicht Harz aufgetragen, aber es genügte noch nicht, und so arbeitete die Knospe vertrauensvoll an ihrer Vervollkommnung weiter.

Als sie sich eines Tages schließlich vollständig eingeschlossen hatte und sich ihrer inneren Dunkelheit gewahr wurde, wäre sie fast an ihrer Angst darüber erstickt.

Doch schnell tröstete sie sich, denn sie bemerkte im selben Augenblick, wie grausam und hart der Frost seine kalten Hände um ihren zarten Knospenkörper legte. Bald hafteten immer mehr Eis und Schnee an ihr und versuchten, sich durch die schützende Hülle zu beißen.

Jetzt erst wurde der kleinen Knospe richtig bewusst, wie gut es war, der mahnenden Stimme gefolgt zu sein, denn ohne die umfassenden Vorbereitungen wären der Schnee und die Kälte für sie der sichere Tod gewesen.

Behaglich streckte sie sich in ihrer wohnlichen Trutzburg und empfand Glück und Zufriedenheit.

In diesem Empfinden vergingen viele Tage. Verschiedentlich erschienen ihr Traumbilder vom Frühling und der wärmenden Sonne. Auch zeigte sich einige Male die rätselhafte Stimme mahnend in ihren langen Traumnächten. Erwachte sie aber, so wichen alle Bilder und Erinnerungen und was blieb, waren Empfindungen einer behaglich angenehmen Geborgenheit.

So lebte die Rosenknospe eine lange Zeit in Ruhe und Beschaulichkeit und wünschte sich nichts anderes mehr, als diesen Zustand zu erhalten. Sie war geschützt und unabhängig von den Unbilden des ständig wechselnden Wetters.

Der Winter beharrte wohl auf seinem Verbleib im Lande, doch seine Knechte, die Kälte, das Eis und der Schnee bewiesen nicht mehr ihre alte Kraft und konnten der fest verschlossenen Knospe auch auf längere Zeit nichts mehr anhaben.

Von diesem äußeren Geschehen vernahm unsere kleine Rosenknospe jedoch nichts. Sie träumte vor sich hin und wollte für alle Zeiten in ihrer kleinen selbst erschaffenen Welt verweilen.

Freilich war dieses Leben nicht mit dem herrlichen Erleben im Frühling und Sommer zu vergleichen. Dies aber wusste sie nicht mehr. Nur eine schwache Erinnerung, eine ferne Ahnung blieb, die ihr zwar wie ein wunderschönes Märchen vorkam, das aber doch nur geträumt werden konnte. Nein, sie war zufrieden. Ihr war Sicherheit gegeben und das andere – das waren nur Träume.

Eines Morgens mischte sich in ihr Gedankenspiel eine Stimme, die ihr bekannt erschien. Ja, es war dieselbe Stimme, die ihr damals geraten hatte, sich vor der nahenden Nässe und Kälte zu schützen. Und dieser Rat war gut – sehr gut – gewesen.

Lauschend neigte sich die Knospe den leisen Worten zu, die wieder aus ihr selbst zu kommen schienen. Und weil sie die Stimme von früher her schon kannte, hörte sie ihr sogleich aufmerksam zu. Doch was sie nun erfahren musste, versetzte sie in allergrößte Unruhe und quälende Zweifel.

Was sagte da die Stimme? – „Öffne dich! Schnell öffne dich, sonst musst du sterben, noch bevor du ganz geboren bist!"

Was sollte dies bedeuten? Hatte dieselbe Stimme nicht einst geraten, dass sie sich verschließen sollte, da sie sonst sterben müsste?

Wie sollte sie dies nun verstehen?

Sie darf sich nicht öffnen, denn sonst hätten der Frost und die eisige Nässe ein leichtes Spiel mit ihr, und ihr sicherer Tod wäre gewiss. – Nein, das kann bestimmt nicht richtig sein.

Unsere kleine Knospe kämpfte gegen ein starkes Heer von zweifelnden und zerrenden Gedanken an, deren Anführerin diese verführerische innere Stimme war. Sie wehrte sich mit all ihrer Kraft und versuchte ihrem Grundsatz, sich fest verschlossen zu halten, treu zu bleiben.

Schließlich spürte sie aber, dass ihre Kräfte nachließen und sie keinen weiteren Widerstand mehr leisten konnte. Geschlagen und müde geworden hörte sie nun aufmerksamer zu und widersprach nicht mehr.

„Du musst dich öffnen, kleine Rosenknospe! Jetzt kommt bald deine große Zeit. Öffne dich und lass die warmen Sonnenstrahlen zu dir hinein! Draußen wartet der Frühling; er zieht gerade ins Land. Der strenge Winter hat sich in die Berge zurückgezogen und kann dir nichts mehr anhaben.

Öffne dich, damit du gestärkt und belebt werden kannst und du den Frühling mit deiner Schönheit erfreust!

Ja, und höre nur, das LEBEN braucht dich, ja gerade dich, denn in diesem Jahr sollst du als eine der ersten Knospen erblühen. Du sollst den vom langen Winter müde gewordenen Menschen den Frühling künden. An deiner Schönheit und Reinheit sollen sie im Besonderen erkennen, dass jetzt eine neue Zeit gekommen ist."

Oh, wie erlösend, wie erhebend diese Worte zu hören waren nach all den schweren und dunklen Zeiten und nagenden Zweifeln.

Unsere kleine Rosenknospe hatte nun nicht einmal mehr Zeit, sich über sich und ihr anfängliches Misstrauen der mahnenden Stimme gegenüber zu ärgern, denn sogleich arbeitete sie so fleißig und behände, dass sie am Mittag die Sonne als große Lebensspenderin in dankbarer Liebe begrüßen konnte.

Weit öffnete sie ihr einst kleines und sicheres Stübchen der segnenden Wärme.

Nun war alles gut, und sie hatte erkannt, dass sie keine unscheinbare Knospe mehr war.

An einem einzigen Frühlingsmorgen war sie zu einer verstehenden, strahlenden, großen Rosenblüte geworden.

Die Geschichte vom kleinen Eselchen

Im Allgemeinen gilt der Esel als dumm, und nicht selten kommt es vor, dass sein Name von uns Menschen als Schimpfwort gebraucht wird. Zwar zeigen sich diese gutmütigen Tiere manchmal störrisch, aber als dumm sollten wir sie nicht bezeichnen.

Nun, vielleicht ist das eigensinnige Verhalten des Esels dumm zu nennen, weil er sich hierdurch oftmals selbst Schaden zufügt.

Ist dieses Tier uns Menschen nicht irgendwie verwandt, denn spiegelt sich in seinem Verhalten nicht gar oft auch unsere eigene Denk- und Handlungsweise?

Doch hören wir uns hierzu die Geschichte eines solchen Grautieres mit dem für diese Art auffälligen schwarzen Kreuzeszeichen auf seinem Rücken an, das vor etwa zweitausend Jahren gelebt hatte.

Es war ein Eselchen, wie es viele im Morgenlande gab und noch heute dort gibt. Sie ziehen einen Karren oder Wagen, tragen Säcke und Kisten oder – ihren Herrn.

Unser Eselchen aber war auserwählt, einen Herrn besonderer Art zu tragen: den lang ersehnten Messias.

Eines Tages kamen Männer und erzählten von dem großen Glück und der Ehre, die dem jungen Tierchen widerfahren sollte. So war es mit Recht sehr stolz darauf und es wiederholte in einem fort: „Ich darf den Retter der Menschen bei seinem Einzug nach Jerusalem tragen."

Frei und unbekümmert zeigte es seine helle Freude: Es sprang ausgelassen umher, gab begeisterte Laute von sich und fühlte sich dabei so leicht und unbeschwert wie nie vorher in seinem jungen Leben.

Bis zu diesem denkwürdigen Tag durfte das Eselchen in einem schattigen Olivenhain verweilen, denn unser Heiland zog, wie ja jeder weiß, gerne zu Fuß durch das Land und brauchte es deshalb noch nicht.

Endlich war der große Tag gekommen, an dem das Eselchen seinen Herrn nach Jerusalem tragen sollte. – Zwei Männer führten es zu einem Platz vor der Stadt, wo sich wegen eines Festes viele

Menschen und auch der Messias mit seinen Jüngern eingefunden hatten.

Aufgeregt und gespannt trippelte es auf die Wartenden zu. Als es beim Näherkommen den Auserwählten erkannte, dachte es bei sich: „Eigentlich sieht er wie viele junge Herren in diesem Lande aus."

Ja wirklich, er unterschied sich kaum von den Menschen in den Reihen umher. Auffallend und bemerkenswert waren wohl seine warmen, gütigen Augen und auch, dass er nicht lärmte wie viele andere, sondern in diesem Getöse von Jubel und Lobpreisungen das geduldige Eselchen liebevoll streichelte und ein paar ruhige Worte zu ihm sprach, die es wegen der aufgeregten Rufe ringsum kaum verstehen konnte: „Du willst mich also tragen, so nimm mich auf."

Da setzte sich der verheißene Erlöser, der von sich gesagt hatte *Ich bin das Leben*, auf den Rücken des sanftmütigen Tierchens – und der Triumphzug über ausgelegte Palmzweige und Kleidungsstücke nach Jerusalem begann.

Ja, es war eine große Ehre, ein unbeschreibliches Glück, das unser Eselchen erfahren durfte, den Messias durch die begeisterten Menschengassen zu tragen.

Voll Glückseligkeit und überschwänglicher Begeisterung jubelten die Menschen dem Gesalbten zu. Viele sahen ihn von Angesicht zu Angesicht und riefen dies den in den hinteren Reihen Stehenden voll Freude zu. Diese drängten nun nach vorne, um ihren Heilskönig ebenfalls zu sehen oder ihn gar am Saume seines Gewandes zu berühren.

Welch ein Entzücken muss dies gewesen sein, denn wie engelsgleich verklärt und hingegeben an das große Glück taumelten die Beseligten in den schmalen Gassen der Stadt von dannen.

Unser Eselchen bestaunte alles mit seinen großen, runden Augen und freute sich so sehr, bei diesem Triumphzug mit dabei sein zu können.

Doch mit einem Male wurde es ganz betrübt und unzufrieden, denn ein begieriger Gedanke wühlte und zerrte in seinem Kopf und ließ ihm keine Ruhe mehr:

„Ich möchte ihn auch sehen! Ich möchte ihm auch zurufen und so glücklich, so selig sein, wie die vielen am Wege."

Das Eselchen mochte noch so sehr den Kopf drehen und strecken; es gelang ihm nicht, seinem Herrn ins Angesicht zu sehen. Alle Anstrengungen und wiederholten Versuche blieben ohne Erfolg.

Und welch seltsamer Zufall ergab sich nun: Gerade jetzt, wo es sich gar so mühte und grämte, wurde der Weg steiler und steiniger, auch waren kaum noch Palmzweige auf der Erde ausgebreitet.

Die Massen indes taumelten noch immer verzückt und schrien ihr Hosianna.

Unser Eselchen aber fiel bei diesem sinnbetörenden Erleben, welches es nicht in gleicher Weise mitfeiern konnte, in immer tiefere Niedergeschlagenheit und selbst entfachte Qual, sodass es schließlich traurig und teilnahmslos dahintrottete.

Plötzlich glaubte es in diesem verlorenen Dasein seinen Herrn zu ihm, dem kleinen, grauen, struppigen, dummen Eselchen, sprechen zu hören:

„Lieber Bruder, hörst du mich? Sei nicht traurig, dass du mich nicht sehen kannst. Du trägst mich und so spürst du mich unentwegt. Ich bin dir viel näher, als all die anderen.

Freilich, jetzt empfindest du mich als Last – und dennoch: Das bin ich – das LEBEN. Ich bin ganz bei dir."

Unser kleines Eselchen hörte die sanften Worte und erkannte schließlich seine einfältigen Gedanken.

Nach mehreren tiefen Atemzügen schüttelte es wiederholt den Kopf und sagte zu sich selbst: „Oh, ich dummes kleines Eselchen."

Nun, was habe ich anfangs gesagt?

Steht dieses Tierchen uns nicht ganz nahe, und ist es uns nicht sogar sehr verwandt?

Denn tragen wir mitunter nicht auch eine Last, die uns das LEBEN schickt, ja, die das LEBEN selbst ist?

Und wie oft erkennen wir dies nicht!

Die Geschichte vom Fuchs und seiner großen Erfahrung

Wieder einmal streifte der Fuchs durch sein Revier und war auf der Suche nach etwas Essbarem. Als er einen schmalen Waldweg überqueren wollte, spähte er vorsichtig umher und blickte schließlich nach rechts, wo der Weg weiter in den dichten Wald hineinführt.

Doch was wurde ihm dort am Ende des Weges im Halbdunkel des Waldes gewahr?

Ein furchtbar anzuschauendes, riesengroßes graues Tier stand unbeweglich auf dem Weg und schaute gierig um sich. Dolchartige Zähne ragten aus seinem gewaltigen Rachen und seine zottigen Beine erschienen dem Fuchs so stark und mächtig wie Baumstämme.

Am ganzen Körper gelähmt starrte der Fuchs lange das Untier mit schreckerfüllten Augen an, bis er sich endlich aus seiner ihn fesselnden

Furcht befreien konnte und ins dunkle Gestrüpp des Waldes flüchtete.

Mehrere Tage hielt sich der Fuchs verstört und in großer Angst in seinem Versteck verborgen. Sein Hunger aber quälte ihn von Tag zu Tag mehr, sodass er schließlich mit knurrendem Magen und pochendem Herzen seinen Unterschlupf verließ, um sich auf Futtersuche zu begeben.

Nach und nach legte sich seine verbliebene Angst, und einige Wochen später dachte der Fuchs kaum noch an die Begegnung mit diesem großen grauen Ungeheuer.

Er streifte wieder wie früher umher und fand oder erbeutete, was er für seinen Lebensunterhalt benötigte, wenngleich dies nicht gerade üppig war.

Als er eines Tages die Spur eines Hasen verfolgte und dabei vorsichtig auf eine Waldlichtung schlich, glaubte er, seinen Augen nicht trauen zu können.

Was musste er erblicken?

Am Rande der Lichtung stand dieses riesige graue Tier, das mit seinem Furcht erregenden Rachen ihn schon einmal bis in die Tiefe seines Leibes hinein in große Angst versetzt hatte.

Höchst angespannt, doch mit größter Vorsicht, zog sich der Fuchs in den schützenden

Wald zurück. Als er sich ein gutes Stück entfernt hatte, rannte er so schnell wie er nur konnte davon und brachte sich in Sicherheit.

Da ihn seine Angst nach dieser Begegnung nicht mehr so lange beherrschte, wagte er sich schon nach wenigen Stunden aus seinem Versteck hervor, um wieder auf Pirsch zu gehen.

Bald hatte er auch dieses schreckliche Erlebnis vergessen und erkundete wie gewohnt sein weites Revier.

Einige Wochen später mühte sich der Fuchs in der Morgendämmerung, einen Berg zu ersteigen, auf dem er früher schon des Öfteren gewesen war und mitunter gutes Jagdglück gefunden hatte. Der steile Aufstieg kostete ihn viel Kraft, denn er war nicht mehr jung und kam daher rasch außer Atem.

Als er schließlich das Bergplateau erreicht hatte und sich aufrichtete, wurde er sich eines schrecklichen Anblickes gewahr.

Nur wenige Schritte von ihm entfernt stand wieder dieses große, grässliche Tier, das ihn schon zweimal bis in sein Herz hinein erschreckt hatte.

Mit listigen Augen blickte es ihn durchdringend an. Eine Flucht war nicht mehr möglich. Schon glaubte der Fuchs, dass er nur noch wenige Augenblicke zu leben hätte und das riesige Tier sich auf ihn stürzen, ihn zerreißen und verschlingen würde.

In seiner Not fasste der Fuchs allen Mut zusammen. Noch einmal atmete er tief durch und fragte das Untier mit zitternder Stimme: „Wer bist du?"

Er bekam zur Antwort, die ihm wie ein Grollen und Donnern erschien: „Ich bin der Wolf, und wer bist du?"

„Ich bin der Fuchs", erwiderte er zögernd.

Durch das kurze Sprechen war es dem Fuchs wohler geworden, und er wagte nun alles, indem er den Wolf fragte:

„Was frisst du denn so alles?"

Da brummte der Wolf recht kläglich:

„Ja, eigentlich fresse ich am liebsten Hasen und kranke Rehe, weil ich diese leichter fassen kann, aber ebenso gerne auch Gänse und Schafe, wenn sie der Hund des Bauern nur nicht so gut bewachen würde. – Aber das ist schon sehr, sehr lange her, seitdem ich diese Köstlichkeiten verzehrt habe. Meist muss ich mich mit Mäusen, Fröschen oder toten Tieren begnügen."

Vor Erleichterung über diese Aufzählung fiel der Fuchs dem Wolf fast ins Wort, denn er hatte schon das Schlimmste befürchtet, und er meinte:

„Das sind ja gerade die Speisen, die auch ich so gerne verzehre."

Zustimmend knurrte darauf der Wolf.

Weil sich der Fuchs nun schon sicherer fühlte, wagte er es, den Wolf zu fragen, wie es ihm denn so ergehe und ob er immer genügend zu fressen hätte. Aber der Wolf jammerte und klagte, dass er, da er nun schon älter und nicht mehr so flink und ausdauernd sei, kaum noch diese Leckerbissen erhaschen könne.

Früher freilich, da wäre alles viel besser gewesen. Aber heute, nein, heute seien die Zeiten schlecht.

Bald führten die beiden Klage über ihr schweres Leben. Sie bedauerten einander und vertrauten sich ihr Leid von ihrer geplagten Seele und noch mehr von ihrem ausgehungerten Körper an.

Während sie nun eine Weile so plauderten, kam dem Fuchs eine Idee und er fragte den Wolf, ob sie nicht miteinander auf die Jagd gehen sollten. Gemeinsam hätten sie bestimmt mehr Erfolg; denn wie heißt es doch in einem Sprichwort, das sogar die Menschen beherzigen: *Einigkeit macht stark.*

Das leuchtete selbst dem alten griesgrämigen Wolf ein, der eine lange Zeit seines Lebens alleine umhergestreift war. Sie schlugen sich gegenseitig in die rechte und die linke Pfote, schworen einander Kameradschaft und Treue und lebten von dieser Stunde an als gute Freunde zusammen.

Viele Jahre zogen sie zufrieden miteinander durch das Land. Sie litten keine Not und jeder war froh, einen Gefährten gefunden zu haben.

Der größere Gewinn blieb freilich dem Fuchs beschieden, denn er hatte gelernt, dass hinter dem, wovor er sich am meisten gefürchtet hatte, sein Glück und seine Erlösung gewartet hatten, und darüber freute er sich immer wieder aus ganzem Herzen.

Die Geschichte von der kleinen Schwalbe

Vor zwei Jahren waren sie zum ersten Mal gekommen, hatten Lage und Architektur des Hauses sowie das Umfeld ihrer neuen Wohnplätze erkundet und nachdem sie alle Voraussetzungen für ihr Vorhaben als erfüllt angesehen hatten, begannen sie mit dem Bau ihrer Wohnungen. Im ersten Jahr wurden zwei, im darauf folgenden Jahr weitere drei fertiggestellt und sogleich wegen der zahlreichen Nachkommen intensiv genutzt.

Die genannten Wohnungen waren Schwalbennester, die etwa zwei Meter über meinem Balkon von einer Schar von Rauchschwalben erbaut worden waren. Da die Vögel vor mir keinerlei Scheu zeigten, konnte ich die schnellen und wendigen Flieger und ihr Verhalten jederzeit gut beobachten.

Besondere Aufmerksamkeit widmeten sie natürlich der Aufzucht ihres Nachwuchses. Denn bis Anfang September mussten alle Jungvögel soweit entwickelt sein, dass sie zusammen mit ihrer Familie die weite Reise in den Süden antreten konnten.

Wenn man ihnen so Tag für Tag zusah, brauchte einem nicht bange werden, denn mit großem Eifer und fürsorglicher Liebe kümmerten sich die Altvögel um sie.

Schon in der Morgendämmerung lösten sich die Eltern aus ihrer Umklammerung vom Nestrand und stoben hinaus, um genügend Futter für ihre stets hungrigen Kinder herbeizuschaffen. Rastlos flogen sie hin und her, vom Nest in die unbegrenzte Weite des Himmels hinaus und wieder zurück zu ihren Jungen bis in die tägliche Abenddämmerung.

Mehrere Wochen lang wurden die hungrigen Schnäbel gestopft, was jedes Mal mit viel Geschrei und Begeisterung durch die Jungvögel begleitet wurde.

Es bereitete mir viel Freude, ihnen bei ihren gewagten Flugmanövern unter dem Dachvorsprung meines Hauses zuzusehen. Mitunter erinnerte mich das Gedränge und Getöse um mich herum an einen belebten Marktplatz.

Oft glaubte ich zu spüren, dass sie trotz der Ausübung ihrer verantwortungsvollen Aufgabe selbst eine unbändige Lust am Fliegen empfanden und mir ihr Können vorführten.

Eines Morgens aber war es über meinem Balkon still geblieben. – Was war geschehen?

Ein Blick hinauf zu den Nestern genügte, um zu erkennen, dass die Jungvögel an diesem Tag flügge geworden und schon früh morgens mit ihren Eltern hinausgeflogen waren.

Täglich und unabhängig von der Witterung übte nun die gesamte Schwalbenfamilie in der Weite des Himmels die hohe Kunst des Fliegens.

Ihre im rasanten Flug gezeigte Lebendigkeit und Sicherheit stimmten mich froh und leicht und hoben meine Seele gleichsam ein Stückchen mit empor.

Umso erstaunter war ich jedoch, als an einem Morgen trotz guten Flugwetters ein in einem Nest sich befindender Jungvogel von seinen Eltern und Verwandten wieder gefüttert wurde.

Besorgt stellte ich mir die Frage, was wohl der Grund für dieses Verhalten sein könnte. War der Vogel krank oder verletzt, sodass er nicht fliegen und sich somit nicht selbst versorgen konnte? War er deshalb auf die Unterstützung seiner Familie angewiesen?

Schon drei Tage beobachtete ich, teils mit Bewunderung, teils mit Sorge, das fürsorgliche Mühen der Schwalben über meinem Balkon.

Der junge Vogel schien nicht schwer erkrankt oder verletzt zu sein. Denn trotz seiner Flugunfähigkeit zeigte er mit lebhaftem Ausdruck, dass er sobald als möglich wieder mit dem Schwarm hinausfliegen wollte.

Ich wünschte es ihm aus ganzem Herzen und doch setzten sich bohrende Zweifel in mir fest, die sich zu quälenden Fragen verdichteten:

Wird er wieder gesund werden und fliegen können?

Was wird geschehen, wenn er trotz der Hilfeleistung seiner Eltern und Verwandten das Nest nicht verlassen kann und bis zur großen Abreise nicht ausreichend geübt und gestärkt ist?

Wird er womöglich sogar zum Risiko für seine gesamte Familie, wenn sie wegen der Ausübung ihrer Fürsorgedienste nicht rechtzeitig mit dem schützenden Schwarm tausender Schwalben zum Überwintern in den Süden ziehen kann?

Auf meine Freude und Leichtigkeit, die diese muntere Schar mir vermittelt hatte, legten sich dunkle, schwere Schatten.

Seit ihrer Ankunft vor zwei Jahren und im Besonderen während der letzten Wochen hatte ich zu dieser lebendigen Schwalbenfamilie eine tiefe Beziehung entwickelt. Da sie nicht nur an meinem Haus, sondern auch *in meinem Herzen* wohnten, war ihr liebevolles Bemühen um einen ihrer Angehörigen auch für mich zu einer Herzensangelegenheit geworden.

Freilich war mir bewusst, dass ich ihnen eigentlich nicht helfen konnte. Trotzdem fühlte ich in meiner Vertrautheit mit ihnen eine Verantwortung für sie, die ich gerne in die Tat umgesetzt hätte.

Mein sorgenvolles Denken half im Grunde weder den Vögeln noch mir selbst in irgendeiner Weise weiter. Dennoch bedrängten mich weitere absurd erscheinende Fragen, auf die ich keine erlösenden Antworten fand.

Was wird, wenn der Jungvogel gar Gefallen daran findet, im Nest zu bleiben, um sich von anderen bequem versorgen zu lassen?

Wird seine Familie dann ohne ihn in den Süden ziehen und ihn seinem Schicksal überlassen?

Mit solchen und ähnlichen Gedanken belastet begab ich mich auf meinen Balkon und schaute bekümmert, doch aufmerksam und zugleich bewundernd den flinken Fliegern zu.

Nach einiger Zeit spürte ich, dass ich mich innig mit ihnen verbunden fühlte. Meine in die Zukunft gerichteten Fragen und Sorgen waren gleichsam durch die Beobachtung des gegenwärtigen Geschehens *verflogen*. Bald spürte ich in mir eine Empfindung, als wenn die junge Schwalbe zu mir sprechen würde. Ich glaubte zu verstehen, dass sie – im Auftrag des LEBENS stehend – mir Antworten auf meine Fragen geben wollte.

Zwar hörte ich anfangs in ihren Äußerungen nur ein aufgeregtes Zwitschern, das jedoch, infolge meiner mitfühlenden Zuneigung, in meinem Bewusstsein immer deutlicher als eine Art von gedanklicher Mitteilung zu verstehen war.

„Wir Schwalben", so hörte ich sie sprechen, „stellen uns solche Fragen, wie du sie in deinem Kopf hast, nicht. Solches auf die Zukunft gerichtetes sorgenvolles Grübeln ist nicht nur sinnlos und hinderlich, sondern gefährlich, weil du damit immer mehr in eine Scheinwelt geraten und die Wirklichkeit des LEBENS verlieren kannst.

Es wundert dann wohl kaum, wenn Menschen sich in Irrtümern verstricken und ihr Leben mühsam und beschwerlich wird.

Wenn wir Schwalben so denken und uns damit belasten würden, könnten wir uns nicht von der Erde lösen und so frei und leicht in den Himmel fliegen.

Andererseits müsst ihr, da ihr nun einmal solche Gedanken hegt, der *Mutter Erde* dankbar sein, dass sie euch durch ihre Schwerkraft festhält, weil ihr euch sonst in den unendlichen Weiten des Alls hoffnungslos verirren würdet.

Wichtig ist, dass du in der Wirklichkeit des LEBENS, also im gegenwärtigen Augenblick in deiner Ganzheit bewusst lebst und dem LEBEN, dem *Großen Meister*, vertraust. Dann ist alles gut, denn dann lebst du wirklich.

Verstehst du das?

Schau uns an! Alles an uns und in uns ist darauf ausgerichtet, dem LEBEN zu dienen und zu vertrauen: Jede Feder unseres Körpers ist ein Kunstwerk und von Meisterhand gefertigt. Unsere Augen, unser Schnabel, unser Zwitschern … unser gesamter Körper spricht unentwegt jenes Wort aus, das in deiner Sprache *Vertrauen* heißt.

Unsere Willensfreiheit ist im Verhältnis zu euch Menschen kaum von Bedeutung. Wir dienen ausschließlich dem LEBEN. Ja, wir gehören dem LEBEN und wir geben uns ihm völlig hin, ganz gleich, was immer auch geschieht. Diese innere Haltung macht uns frei und froh und so lebendig.

Du siehst mich seit ein paar Tagen als krank und flugunfähig. Solches Sehen ist bedeutungslos. Du musst sehen lernen, was wesentlich ist, was nie vergeht und immer wirkt!

Verstehst du?

Du glaubst – das heißt, du siehst es so –, dass wir Schwalben deshalb so lebendig erscheinen, weil wir so gut fliegen können.

Nein, anders ist es.

Wir sind so lebendig, weil wir in der Gegenwart des Hier und Jetzt, also in der Wirklichkeit des LEBENS, leben. Deshalb können wir so gut fliegen. Das Eine bedingt dann freilich auch das Andere; denn alles ist mit allem verbunden.

Verstehst du?

Seit vielen Generationen leben wir Rauchschwalben mit euch Menschen zusammen. Mit dir wohnen wir seit etwa zwei Jahren gemeinsam für einige Monate im Jahr unter deinem Dach. Andere Angehörige unseres großen Volkes wohnen sogar in den Häusern der Menschen, denn sie sehen es gerne, wenn wir in ihrer Nähe, vor allem in den Ställen ihrer Tiere, unsere Nester bauen.

Du kannst gewiss erahnen, dass wir euch Menschen seit langer Zeit recht gut kennen, aber oft nur schwer verstehen. Dies liegt nicht an eurer Sprache, sondern an eurem Denken.

Ihr wisst so viel, aber eigentlich doch sehr wenig. Und ihr kümmert und sorgt euch um so vieles, was euch wichtig erscheint, für das LEBEN aber unwesentlich ist.

Nachdem ich dir nun ein wenig vom Wesen und Wirken des LEBENS erzählt habe, wirst du bestimmt rasch den eigentlichen Grund für die Überzeugung mancher Menschen finden, wenn sie sagen, dass am Haus nistende Schwalben Glück und Segen bringen."

Ich war tief in meiner Seele betroffen. Und weil ich nichts erwidern konnte, setzte die junge Schwalbe – in einem schnellen, lebhaften Rhythmus sprechend – ihre Mitteilung fort:

„Du hast dir wegen mir, und weil ich derzeit nicht fliegen kann, einige seltsame und belastende Fragen gestellt. Dass dies unsinnig war, habe ich dir schon gesagt.

Eine Frage aber, die wichtigste, die hast du nicht gestellt. Du fragtest nicht, warum ich nicht hinausfliege. Hättest du diese Frage gestellt, so könnte ich dir zwar auch keine in deinem Sinne zufrieden stellende Antwort geben, wohl aber die zutreffende; sie lautet: Ich kann nicht hinausfliegen, weil das LEBEN es so will.

Freilich wirst du nun nach der üblichen Art eures Denkens überlegen und raten wollen, welche Gründe das LEBEN wohl bewogen haben, mich vom Fliegen fernzuhalten.

Höre, ich sage es dir gleich: Es wäre müßig, dies herauszufinden zu wollen, denn es gibt unendlich viele Möglichkeiten.

Vielleicht liegen die Gründe in mir, vielleicht bei meinen Geschwistern, meinen Eltern und Anverwandten oder bei jemandem, der mit mir und meiner Familie in einer engen Beziehung steht, die durch sein Mitempfinden begründet wurde. So könnte es auch sein, dass du dieser Jemand bist.

Da du meiner Familie nicht nur räumlich, sondern auch in deinem Fühlen und Denken sehr nahe bist und dich durch dein Mitgefühl zu mir noch mehr geöffnet hast, durfte ich – im höheren Auftrag stehend – dir vielleicht einen lang ersehnten Wunsch erfüllen, nämlich, dir einen tieferen Einblick in das Wesen des LEBENS zu ermöglichen.

Ob diese Möglichkeit zutrifft, kann ich mit Gewissheit nicht sagen. Ich weiß nur, dass ich es nicht weiß. Es ist genug, dass ich Vertrauen zum LEBEN habe und mir gewiss bin, dass alles gut ist, obgleich ich selbst nur wenig vom Wirken des *Großen Meisters* erkenne.

Du weißt so viel. – Da kennst du sicher auch das Sprichwort deiner Mitmenschen, das da lautet: *Die Luft hat keine Balken.*

Vergiss nicht, was ich dir als Kind der Lüfte dennoch zurufe: Vertraue dem LEBEN, denn es trägt dich besser als jeder Balken."

Mehrere Schwalben flogen mit hellen Rufen durch die Luft an das Nest und brachten für ihren Schützling Futter.

Jetzt war nur noch eines wichtig: die körperlichen Kräfte mit Nahrung zu stärken und sich den aufmunternden Zurufen für das baldige Hinausfliegen zu öffnen.

Kaum war die erste Schar der Futter bringenden Schwalben in der Weite des Himmels verschwunden, da kam schon das nächste Geschwader der Familie dahergebraust, um ihr Kind zu betreuen. Diese Versorgungskette riss nicht mehr ab.

Mein kurzer Einblick in eine größere Wirklichkeit des LEBENS war beendet. Trotz konzentrierter Hinwendung auf das Schwalbennest blieb mein Bewusstsein für eine weitere vertiefte Wahrnehmung verschlossen.

Fröhlich sang und flötete die kleine Schwalbe zu mir herunter, in einer Weise, als ob sie mir mitteilen wollte, dass sie manchmal vor Freude eben ein bisschen zwitschern würde.

Inzwischen hatte ich meine sorgenvollen Gedanken völlig vergessen. – Hatten sie sich aufgelöst? Oder waren sie auf andere Weise verflogen?

Jetzt konnte und wollte ich mich meiner Tagesarbeit widmen. Es fiel mir erstaunlich leicht, mich darauf zu konzentrieren. Und seltsam war, wie gut sie mir von der Hand ging und wie rasch ich zu einem guten Abschluss kam.

Da fiel mir wieder die kleine Schwalbe ein. Ich verspürte in mir den festen Glauben, dass es auch ihr gut geht. Schnell eilte ich auf den Balkon, um nach ihrem Befinden zu sehen.

Fast atemlos dort angelangt erkannte ich sogleich: Das Nest war leer! Weit draußen am Himmel flogen *meine* Schwalben mit einer Leichtigkeit, die ich glaubte, nun auch in meiner Seele spüren zu können.

Danke und adiós, ihr Boten aus den Weiten des Himmels!

Die Geschichte von den Grashalmen

Was mir in meiner Kindheit selbstverständlich war, wollte ich mir auch in späteren Jahren nicht mehr abgewöhnen, nämlich, auf meinen Spaziergängen und Wanderungen in Gedanken mit Tieren oder Pflanzen zu sprechen.

So war ich wieder einmal unterwegs an einem Fluss, hatte die Umgebung beobachtet und das eine oder andere mir näher angesehen.

Als ich in einer Biegung des Flusses auf einer Kiesbank eine stattliche Anzahl von zarten Gräsern bemerkte, blieb ich stehen und dachte:

„O je, da habt ihr euch aber einen ungünstigen Platz ausgesucht. Euer grünendes Dasein wird wohl nicht lange währen. Wenn das Wasser wieder steigt, werdet ihr überflutet werden, und dann ist euer kurzes Leben schon beendet, noch bevor es richtig begonnen hat. Konntet ihr denn keinen besseren Platz finden?"

Kaum hatte ich meine Ansicht dargelegt, so bekam ich auch schon von den im sanften Wind sich wiegenden Grashalmen ihre Sichtweise mitgeteilt. Deutlich vernahm ich eine Stimme, die für alle dort wachsenden Gräser zu sprechen schien.

„Zunächst finden wir es bemerkenswert, dass du uns hier auf dem Kies wahrgenommen hast, unsertwegen sorgenvolle Gedanken spinnst und schließlich auch noch zu uns sprichst.

Nun, auf deine Ansicht ist unsererseits zu erwidern, dass wir die Art, wie du denkst, auch kennen. – Doch was blieb uns anderes übrig, als hier auf der Kiesbank zu verweilen?

Vor einiger Zeit wurden wir als schlummernde, winzige Samenkörner vom Wind in den Fluss geweht. Auf seinen lustigen Wellen ging es dann eine lange Strecke hurtig weiter. Das war schön, aber nicht unsere Bestimmung. Schließlich wurden wir hierher gespült.

Was war da zu tun?

Sollten wir warten, dass uns der Wind oder der Fluss wieder abholt und uns mit auf eine ungewisse Reise nimmt?

Nein, das wollten wir nicht, denn unser Tun wird aus uns selbst heraus bestimmt. Wir sehen uns in einem höheren Auftrag unterwegs und wissen, dass es gut ist, den Willen des LEBENS, der tief in unser Wesen eingesenkt ist, zu befolgen und ihn zu offenbaren. Dies tun wir auch hier zwischen diesen Kieselsteinen am Rande des Flussbettes.

Jedes Samenkorn, das seine schützende, aber auch einengende Hülle öffnet und keimt und grünt, ist sichtbarer Ausdruck des LEBENS und empfindet darin höchste Seligkeit.

Seligkeit ist das gleiche Empfinden, das ihr Menschen in der Erfüllung einer schöpferischen Aufgabe oder in einer innigen Begegnung als Glück erlebt.

Unsere Sprache ist anders als die eure. Was bei euch vor allem durch Töne und Körperbewegung beschrieben wird, drücken wir durch Farbe, Form und Gestalt aus. Unser frisches Grün ist Ausdruck dieser erlebten Seligkeit, die wir empfinden, wenn wir das LEBEN spüren.

Wenn sich das LEBEN aus unserem Körper wieder zurückzieht, verlieren wir unser Grün und allmählich auch unsere Form und Gestalt.

Obgleich unsere Farbe nur Ausdruck unserer Seligkeit, also eine Art von Freude und innerer Kraft ist, spürt ihr Menschen unser Grün beim Anblick als wohltuend und belebend. Ihr bezeichnet dieses Empfinden mit dem Wort *Hoffnung*.

In diesem Gefühl schwingt wohl der Wunsch in euch, bald wieder mit dem Lebendigen verbunden sein zu wollen. Eine wirkliche, unmittelbare Erfahrung des LEBENS erschließt sich im Empfinden der Hoffnung jedoch nicht. Dennoch kann diese starke innere Kraft Mut und Zuversicht verleihen, sich auf den Weg hin zur Begegnung mit dem LEBEN zu begeben.

Vergiss nicht, was ich dir jetzt sage: Dieses große Ziel findest du stets im jeweiligen Augenblick. Du kannst also sofort beginnen und musst nicht erst nach einem Weg suchen."

Stumm nickte ich und staunte über die tiefe Wahrheit, die zu mir aus den unscheinbaren Gräsern sprach. Nach einer kurzen Weile hörte ich die Stimme weiter zu mir sprechen.

„Wenn wir auf die Gelegenheit warteten, die uns als die Bestmögliche erschiene und zögerlich alle Vor- und Nachteile abwägten, so wäre unsere Chance schnell vertan und wir bald verloren. Es gibt nämlich zu viele Möglichkeiten, die uns zu leben hindern könnten.

Nein, es ist wirklich besser, jetzt unter diesen gegebenen Bedingungen zu leben, als nur in der Hoffnung zu sein, zu warten und letztlich nicht gelebt zu haben.

Wir vertrauen stets dem LEBEN, das sich uns immer und überall in der Annahme des Gegebenen mit jedem Augenblick offenbart. Wir denken nie daran, dass jetzt nicht die richtige Zeit und hier nicht der richtige Ort wären.

In dieser Weise unseres Verhaltens gewinnen wir immer, weil wir uns somit in der Wirklichkeit des LEBENS befinden, in der die Zeit in ihrem ungeteilten Wesen erfahrbar wird: Ein Augenblick ist zugleich eine Ewigkeit.

Diese Gewissheit gibt uns die Sicherheit, auch hier zwischen den abgeschliffenen Kieselsteinen bleiben zu können.

Nun sagen wir dir Auf Wiedersehen. Komm uns bald wieder einmal besuchen. Wir freuen uns auf dich.“

In meiner Seele tief berührt verabschiedete ich mich mit einem herzlichen Lebewohl von diesem wundersamen Ort. Nachdenklich ging ich weiter meines Weges und dachte so bei mir:

„Es spricht eine große Kraft aus ihnen, das muss ich bestätigen. Dies ist schon recht erstaunlich, zumal die zarten Gräser dort sicher nicht lange werden bleiben können. Und aufs Blühen und Samen Hervorbringen brauchen sie erst gar nicht zu hoffen.

Sie scheinen auch nicht zu wissen, dass der Name des Flusses *die Reißende* bedeutet. In kurzer Zeit wird die Kiesbank überflutet, die flachen Steine weggeschwemmt und die Gräser und ihre Gewissheiten wie ein Nichts vergangen sein.“

Nach einer Weile wurden meine kritischen Argumente gegen die Überzeugung der Gräser jedoch etwas gemildert und ich dachte: „Na ja, ich kann ja in nächster Zeit wieder einmal hierherkommen. Dann werde ich sehen, was aus ihnen geworden ist."

Mehrere Wochen waren vergangen, und ich beschloss, die mir vertraut gewordenen Gräser wieder einmal zu besuchen.

An der Biegung des Flusses angekommen, erkannte ich schon von Weitem, dass die Kiesbank nicht überflutet und schon gar nicht von der Wucht der Strömung weggeschwemmt worden war, sondern eine richtige kleine Wiese sich darauf ausgebreitet hatte.

Das verwunderte mich nun doch. Ich musste den Gräsern zu ihrem Erfolg gratulieren. Zugleich aber warnte ich vor der Unbeständigkeit des Flusses mit all seinen Tücken:

„Denkt an das Hochwasser im Frühjahr oder an die Trockenheit im Sommer; ihr könnt dort kein Wasser speichern. Auch die Flusswirtschaftsbehörde wird es nicht hinnehmen, dass der Fluss seinen Lauf verändert. Bestimmt wird diese Kiesbank bald weggebaggert werden. Auf Dauer habt ihr da wirklich keine Sicherheit."

„Vielleicht hast du recht", klang es in vertrauter Weise zu mir herauf.

„Aber höre, wir haben hier schon eine lange Zeit das LEBEN erfahren und somit die höchste Seligkeit erlangt.

Wir wachsen gut. Auch entfalteten wir unsere unscheinbaren Blüten und brachten Samen hervor, die bereits ringsum keimen. Wir können nichts verlieren, denn wir haben die Fülle des LEBENS gekostet und spüren sie unentwegt, auch jetzt in diesem Augenblick, der uns zugleich Ewigkeit ist.

Wir erfüllten und erfüllen weiter unseren Auftrag und bleiben in unserer Seligkeit. In dieser Allverbundenheit leben wir wirklich. Es gibt nichts, was darüber wäre.

Erinnere dich an uns, es wird dir gut tun. Du weißt ja: Unser Grün ist euch Hoffnung!

Und komm auch wieder. Wir und unsere Kinder freuen uns auf dich. Mit dir ist es gut zu sprechen. Du hörst so aufmerksam zu. Leb wohl, lieber Wanderer!“

Seit dieser Begegnung sind nun fast zwanzig Jahre vergangen.

Heute war ich wieder einmal bei dieser einstigen Kiesbank, die ich als *grüne Wiese* nicht mehr erkannte. Viele Sträucher und auch große Weiden wachsen stattdessen an diesem Platz, der nun fest mit dem Flussufer verbunden ist und von kräftigem Schilfgras überwuchert wird.

Und weil ich noch immer die Neigung habe, mit Pflanzen zu *sprechen,* so hatte ich die dort üppig wachsenden wegen ihrer Lebenstüchtigkeit gelobt.

Ich staunte, als ich eine Stimme aus ihrer Richtung vernahm:

„Das, wofür du uns lobst", hörte ich sie sagen, „ist unser Lebensauftrag. Wir erfüllen ganz einfach und unmittelbar den Willen des LEBENS. Und dass wir jetzt hier stehen, dazu haben uns die *Kleinen,* die Grashalme, ermutigt. Sie stehen wie wir im höheren Auftrag, doch meist sind sie schneller als wir Sträucher und Bäume."

Während ich dieser Stimme zuhörte, suchte ich aus meinen Augenwinkeln heraus mit etwas Wehmut nach den vertrauten Gräsern oder ihren Nachfahren. Doch wegen der vielen Stängel des Schilfgrases und anderer Pflanzen konnte ich keine Grashalme finden.

Die Kleinen, die Flinken, die Mutigen waren sicher schon vor langer Zeit wieder weiter gezogen; sie keimen und wachsen nun an vielen anderen Orten – und sind selig. Und wir menschlichen Betrachter mögen ihre Lebensenergie, ihre Seligkeit als Hoffnung in unserer Seele verspüren.

Gewiss hatte der Fluss, *die Reißende,* damals die winzigen Gräser auf der Kiesbank nicht nur geduldet, sondern – im Gegenteil – eingeladen, gerade hier zu keimen, Wurzeln zu treiben und sich fleißig zu vermehren, sodass die wanderlustigen Kieselsteine, die er im Allgemeinen gerne mit auf die Reise nimmt, für sein Bett zusammengehalten und befestigt wurden.

Vielleicht wollte er seine von Menschen so monoton gestalteten Ufer verändern, um in einem lebendigeren, beschwingteren Rhythmus durch die Auwälder zu fließen und brauchte deshalb die Hilfe der Gräser.

Bestimmt hatten sie dies gewusst, denn schließlich standen sie im Auftrag des LEBENS, das allwissend ist.

Ich erinnere mich noch gut an sie und besonders, wie selbstbewusst und mutig sie sich zeigten. Da stand mit Sicherheit diese große Kraft dahinter.

Dankbar und nachdenklich geworden verabschiedete ich mich von diesem unauffälligen, für mich aber so erlebnis- und lehrreichen Ort.

Beim Weitergehen erinnerte ich mich an einen vor langer Zeit gelesenen Zeitungsartikel, in dem gestanden war, dass Bäche und Flüsse aus verschiedenen Gründen wieder mehr ihren natürlichen Lauf erhalten sollten.

Warm schien die Sonne auf dieses friedvolle und gesegnete Land. Die Wellen murmelten geheimnisvoll, und ich schlenderte froh gelaunt am Ufer *der Reißenden* entlang.

Da fiel mir ein Wanderlied aus meiner Jugendzeit ein, dessen Text und Melodie ich fast vergessen hatte.

An einen Satz konnte ich mich noch erinnern. Vergnügt sang ich ihn vor mich hin:

„Die ganze Welt ist wie ein Buch, darin ist aufgeschrieben, in bunten Zeilen manch ein Spruch, wie Gott uns treu geblieben …"

Ein seltsames Gipfelerlebnis

Vor einiger Zeit war ich wie schon des Öfteren bei Wolken verhangenem Himmel in den Bergen gewandert.

Als ich auf meinem Weg schon ein schönes Stück gegangen war, kamen mir Wanderer entgegen. Nach einem kurzen Gruß wiesen sie darauf hin, dass es weiter oben am Berg recht neblig sei und ich wohl besser umkehren sollte, da man wegen des starken Nebels auf dem Gipfel keine gute Aussicht hätte.

Ich dankte den Wanderern für ihren freundlichen Hinweis, doch ließ ich mich dadurch nicht abhalten. Es ging mir nicht um das Erreichen des Gipfels. Ich wollte vor allem in Bewegung sein und meinen Weg, den ich von früher her recht gut kannte, weitergehen.

Auch hatte ich bewährte Regenkleidung bei mir, sodass ich mich gegen ungünstiges Wetter hätte ausreichend schützen können.

So ging ich frohen Mutes weiter und dachte bald nicht mehr an die Wanderer und ihren wohlmeinenden Rat.

Ich kam gut voran und freute mich, dass ich trotz des immer dichter werdenden Nebels unterwegs war.

Nachdem ich eine längere Strecke zurückgelegt hatte, kamen mir Zweifel, ob ich mich auf dem richtigen Weg befand, denn eigentlich hätte ich schon längst auf dem Gipfel des Berges sein müssen.

Jetzt erinnerte ich mich auch an mehrere Hinweisschilder, die Wege zum „Paradies" wiesen, mir aber von früheren Wanderungen her nicht bekannt waren. Wohl hatte ich diese Schilder beim Heraufsteigen gesehen, jedoch nicht weiter beachtet. Erst jetzt wurde mir bewusst, dass diese Wegweiser vielleicht auf einem anderen Pfad standen und ich möglicherweise im dichten Nebel die mir vertraute Route bei einer Abzweigung verloren hatte.

Nach kurzem Innehalten fasste ich den Entschluss, weiter bergauf zu steigen, um endlich den Gipfel zu erreichen; dort würde ich mich dann schon wieder orientieren können. Also wanderte ich beherzt weiter.

Wenige Minuten später wurde der Nebel lichter; er löste sich immer mehr auf, und schließlich drangen sogar Sonnenstrahlen durch den grauen Schleier.

Bald gelangte ich auf einen freien Platz, der große Ruhe und tiefen Frieden ausstrahlte. Um mich von der langen und doch etwas beschwerlichen Wanderung ein wenig auszuruhen, setzte ich mich auf einen Felsen, schloss meine Augen und atmete tief die würzige Luft.

In der durch meinen Atem erzeugten innigen Verbundenheit mit mir und meiner Umgebung spürte ich, dass mich etwas leicht an der Schulter berührte. Ich sah auf und erblickte einen alten Mann, der gütig zu mir sprach:

„Willst du nicht hereinkommen?"

Noch ehe ich recht begreifen konnte, was geschehen war, war ich aufgestanden und ließ mich an einem kleinen Häuschen vorbei durch ein kunstvoll geschmiedetes Tor in einen herrlichen Park geleiten.

Erstaunt über die Pracht, die mich umgab, fragte ich meinen Begleiter, wo ich sei, und er antwortete:

„Du bist hier im Paradies. Weißt du das nicht? Wir haben dich hier schon lange erwartet, und endlich bist du gekommen."

Verwundert schaute ich mich um. Eine große, heilige Ruhe war über diesen friedvollen Garten gebreitet. Dennoch war diese Ruhe nicht still, sondern eher wie eine Art von Musik, wie ich sie noch nie zuvor gehört hatte.

Alle Formen, Farben, Töne, Düfte, alle Bewegungen in diesem Garten schienen wie in einem großen Konzert, in einem großen Chor, wo jedes Instrument, jeder Sänger in seiner ihm eigenen Stimme und seinem Ton sein Innerstes, sein Heiligstes zum Ausdruck bringt, in ein Ganzes zu fließen.

Nach langem Schauen und Lauschen drängte es mich, meinen Begleiter zu fragen, wer er sei und weshalb keine weiteren Menschen hier wären.

Der alte Mann nickte stumm und begann nach einer kurzen Weile zu erzählen:

„Die meisten Wanderer", sagte er, „orientieren sich nach den Schildern, die du sicher auf deinem Weg gesehen hast. Diejenigen aber, die hierherfinden, folgen nicht ihnen, sondern ihren eigenen inneren Wegweisern.

Weißt du, man muss diesen Frieden, den du hier spürst, schon selbst vorher in sich fühlen, denn sonst findet man den Weg nicht.

Wohl sind die meisten Menschen auf der Suche nach dem Paradies, also nach dem Ort des Friedens und des Glücks, doch wegen ihrer inneren Unruhe und Unsicherheit gehen sie nicht ihren Weg, sondern folgen den aufgestellten Hinweistafeln.

Diese Schilder aber, das musst du wissen, sind von Menschen gestaltet und errichtet worden, um die Suchenden an Plätze zu führen, die dem Paradies wohl ähnlich sind, aber letztlich die große Sehnsucht nach Frieden und Harmonie auf Dauer nicht stillen können.

Oft bleiben die Reisenden eine Weile an diesen ausgewiesenen Plätzen. Doch bald spüren sie wieder ihre Unerfülltheit und ziehen auf ihrer Suche nach einem anderen empfohlenen Ort weiter.

Auf dieser weiten Reise werden sie schließlich müde und somit auch meist innerlich stiller und friedvoller. Der innere Friede aber ist, wie du ja weißt, Voraussetzung dafür, den eigentlichen Weg zum wahren Paradies zu finden."

Nach einer langen Pause des Schweigens sprach der alte Mann in seiner sanften Weise weiter:

„Stell dir nur einmal vor, wie es wäre, wenn draußen auf dem Vorplatz, dort wo du gesessen und dich von deinem Aufstieg ausgeruht hast, lärmende und geschwätzige Massen von Menschen hin- und herhasteten und die andächtige Stille störten. Dann gäbe es wohl auch bald diesen wundervollen Garten nicht mehr."

Wieder schwieg der alte Mann eine lange Zeit. Es schien mir, als hätte er mich vergessen. Wie aus einer fernen Welt kommend, wandte er sich wieder an mich und begann erneut zu sprechen:

„Du fragtest mich, wer ich sei. Nun, das weißt du jetzt sicher schon selbst. Ich bin, was ich tue. Meist sitze ich auf der Bank vor meinem Häuschen und höre auf den vielstimmigen Chor der großen Stille. Hin und wieder geleite ich einen müden Wanderer, der zu uns an das Tor gefunden hat, in diesen Garten herein.

Ja, und dann versuche ich Antworten auf Fragen zu geben, so wie du sie mir gestellt hast."

Still nickte ich und lauschte nach dem Sinn seiner Worte. Schweigend und an der Seite des alten Mannes gehend gelangten wir durch unzählige Rosenbeete immer weiter in den Garten hinein.

Nach einer langen Weile fragte er mich, ob ich denn nicht den lieben Gott begrüßen möchte. – „Ja, geht das denn?", fragte ich erstaunt, und er antwortete:

„Ja, natürlich. Der liebe Gott müsste sein Mittagessen schon beendet haben, und danach pflegt er, wie er es täglich tut, durch die Rosenbeete zu spazieren.

Schau, da ist er! Komm, lass uns zu ihm gehen, er wird sich freuen."

In dieser Weise sprach der fromme Mann zu mir und geleitete mich zum lieben Gott, der schon von Weitem seine Arme nach mir ausstreckte und mich mit herzlichen Worten begrüßte:

„Ich habe schon so viel von dir gehört, nun freue ich mich, dass du uns endlich besuchst. Komm, ich zeige dir unseren schönen Garten."

So wanderte der liebe Gott mit mir durch den wunderschönen Paradiesgarten. Lange unterhielten wir uns, und er fragte mich vieles, so auch, warum ich eigentlich meinen eigenen Weg gegangen und nicht den Schildern am Weg gefolgt wäre.

Ich erzählte ihm, dass ich sie wohl wahrgenommen hätte, aber doch mehr auf meine eigene innere Stimme geachtet hätte und so, ihrem Rat folgend, auf meinem Weg weiter gewandert wäre.

Mit einem sanften Lächeln nickte still der liebe Gott.

Auch ich konnte ihn nach allem, was mir wichtig erschien, befragen und ihm von mir, meinem Lebensweg und meinen großen und kleinen Erlebnissen erzählen.

Aufmerksam hörte er mir zu, doch mehrmals ermahnte er mich, die schönen Blumen, die um uns standen, nicht ganz aus den Augen zu verlieren. Auch sollte ich nicht versäumen, den köstlichen Duft der Rosen wahrzunehmen, denn dies sei, bei aller Bedeutung eigene Gedanken mitzuteilen, von großer Wichtigkeit.

„Schau", sagte er, „aus diesem Grunde habe ich mir diesen schönen Garten angelegt. Ich hoffe, er gefällt dir ebenso gut wie mir."

Nach solchen Gesprächen und einem langen Spaziergang durch den himmlischen Park setzten wir uns schließlich schweigend auf eine Bank und lauschten der wundersamen Ruhe, die wie ein vielstimmiger Chor erklang.

Nach einer Weile tiefen Friedens sprach der liebe Gott: „Es ist Zeit, dass ich nun wieder an meine Arbeit gehe."

Er erhob sich und bat mich, ihn doch bald wieder besuchen zu kommen, und mit liebevollen Worten verabschiedete er sich von mir.

Darauf wandelte er durch die vielfarbigen Blumenspaliere zu einem kleinen gläsernen Pavillon. Bevor er eintrat, wandte er sich mir zu und winkte noch einmal zurück.

Lange blieb mein Blick dorthin gerichtet. Schließlich schlenderte ich durch die Blumenrabatten zu dem kleinen Häuschen am Eingang des Gartens, wo ich den gütigen Pförtner zu treffen hoffte.

Da ich ihn nicht finden konnte, setzte ich mich auf die Bank vor dem Häuschen und bedachte alles, was ich hier an Wunderbarem erlebt hatte. Wie eine himmlische Sinfonie aus Farben und Tönen hallte es in mir nach.

Vielleicht war ich ein wenig eingeschlafen, denn als ich nach einer Weile meine Augen öffnete, war von dem Himmelsgarten nichts mehr zu sehen: weder das Tor, noch das kleine Häuschen und auch nicht die Bank, von der ich überzeugt war, noch eben darauf gesessen zu sein. Und doch war es mir so, dass ich nicht geträumt, sondern all dies an Wunderbarem noch wirklicher als mich selbst und meine Umgebung wahrgenommen hatte.

Erfüllt von diesem traumhaften Erlebnis und der wunderbaren Ruhe auf dem Gipfelplateau genoss ich die großartige Aussicht, die sich mir zwischen einzelnen Nebelschleiern bot.

Nach langem Betrachten und Schauen rüstete ich mich schließlich für den Abstieg, und bald war ich wieder auf meinem vertrauten Weg ins Tal gelangt.

Obgleich dieses Erlebnis nun schon eine geraume Zeit zurückliegt, so empfinde ich noch immer, dass ich diese wundersame Geschichte nicht geträumt, sondern vielmehr als ein vor kurzem erst in mir wirkendes Schauspiel erlebt habe.

Wie ich als Kind die Weise des Gebens und Nehmens erlernte

Lange war es mir als Kind unverständlich geblieben, weshalb der alte Gärtner, bevor er Wasser aus dem Brunnen schöpfte, zunächst etwas Wasser in das Saugrohr goss und dann erst die Menge daraus entnahm, die er benötigte.

Da der Gärtner aus einer anderen Provinz des Landes zu uns gekommen war, glaubte ich, dass er dem Brunnen zuerst wohl eine Art von Opfergabe gespendet habe, um sodann – mit dem Geist des Brunnens versöhnt – Wasser daraus entnehmen zu dürfen.

Meine fantasievollen Vorstellungen von einem Opfer fordernden Brunnen wurden jedoch rasch aufgelöst, als der Gärtner mir auf meine Frage, weshalb er so mit dem Brunnen verfahre, folgende Erklärung gab:

„Wenn es heiß ist, trocknet nicht allein die Erde aus, sondern ebenso der Lederring, der sich im Saugrohr des Brunnens befindet. Wenn dieser aber ausgetrocknet ist, kann er das Rohr nicht mehr verschließen und statt Wasser wird nur Luft bewegt.

Da ich den Lederring mit etwas Wasser nun befeuchtet habe, wird er geschmeidig; er dehnt sich aus und abgedichtet wird das Saugrohr gegen Luft.

Nun kann ich leicht die Menge Wasser aus der Tiefe heben, die ich benötige."

Schmunzelnd fügte er nach kurzer Weile noch hinzu: „Ja, mein Kind, das ist im Leben so. Bevor man etwas Großes heben kann, muss man ein Weniges, wie du es hier gesehen hast, erst geben. Da ist es freilich gut, wenn man ein Weniges besitzt, das man darreichen kann."

Und als ich artig mich verneigte, schloss er mit diesem Zusatz seine Rede ab:

„Auch ich ward einst von meinem Vater, der Landmann war und lange Zeit das Feld bestellte, belehrt, weil mir als Kind es gleichsam ging wie dir und es mir unverständlich war, weshalb er gute Samenkörner in die Erde senkte – und sie darin vergrub."

Was mir ein Kind von einem Stein erzählte

Bei einem Strandspaziergang hatte ich wohl meine Aufmerksamkeit darauf gerichtet, schöne Muscheln zu finden, doch vordergründig suchte ich nicht danach. Erblickte ich jedoch eine mich ansprechende, so hob ich sie auf und behielt sie, wenn sie mir gefiel.

Nachdem ich in dieser Weise eine längere Strecke am Strand gegangen war, bemerkte ich, dass in geringem Abstand zu mir ein Mädchen auf gleicher Höhe mit mir ging.

Es schien, wie viele Kinder dies gerne tun, ebenfalls nach Muscheln zu suchen. Den Kopf leicht gesenkt ging es leise vor sich hinsummend dahin und bückte sich gelegentlich nach im Sand liegenden Fundstücken.

Als ich einmal stehen geblieben war und eine aufgelesene Muschel betrachtete, kam das Mädchen auf mich zu und zeigte mir zwei kleine, in ihrer offenen Hand liegende Muscheln.

Mit einer freundlichen und vertraut klingenden Stimme sprach sie mich an: „Schau, diese beiden sind sehr schön. Willst du sie haben? – Ich schenke sie dir."

Ich war überrascht und fragte, ob sie diese schönen Stücke denn nicht behalten wollte, da sie gewiss doch selbst welche sammeln würde.

Das Mädchen aber schüttelte den Kopf und sagte, dass sie nicht nach Muscheln, sondern nach Kieselsteinen Ausschau halten würde.

Freundlich bedankte ich mich für ihr Geschenk und ging langsam weiter; das Mädchen aber blieb an meiner Seite.

Durch die Aussage des Mädchens angeregt, richtete ich nun meine Achtsamkeit auf die am Strand verstreut liegenden Steine. Ich hoffte, einen Besonderen unter ihnen zu finden, um ihn meiner Begleiterin als Gegengeschenk für die beiden Muscheln zu geben.

Schon bald erblickte ich einen hübschen, rötlich gefärbten Quarzstein. Ich reinigte ihn in den sanft anrollenden Wellen des Meeres, um ihn dem Mädchen in seiner ganzen Schönheit zeigen zu können. Ich war sicher, dass er ihr ebenso gut wie mir gefallen würde.

Erwartungsvoll ging ich zu meiner Begleiterin und zeigte ihr meinen Fund. Interessiert schaute sie das zarte Steinchen an. Schließlich sagte sie mit einem tröstenden Ton in ihrer Stimme:

„Das ist ein schöner Stein. Er gefällt mir gut. Aber er ist nicht von der Art, wie ich ihn mir wünsche."

Da mir der Stein gefiel, behielt ich ihn, obgleich ich ihn gerne dem Mädchen geschenkt hätte.

„Wie werden die Steine, die sie sucht, wohl aussehen?", dachte ich mir.

Mein Interesse daran war geweckt.

Den Blick konzentriert auf den Boden gerichtet, schlenderte ich weiter den Strand entlang. Und das Mädchen begleitete mich in schon gewohnt vertrauter Weise.

Nach einiger Zeit des aufmerksamen Suchens glaubte ich, einen besonders ausgefallenen Stein im Sand entdeckt zu haben. Rasch hob ich ihn auf und wandte mich gespannt meiner jungen Begleiterin zu.

Während ich ihn ihr zeigte, beschrieb ich die Farbe und die fast kreisrunde Form des Steines und verhehlte meine Freude nicht, diesen ungewöhnlichen und seltenen Fund entdeckt zu haben.

Das Mädchen nahm den Stein entgegen und legte ihn in ihre offene Hand. Nach einer kurzen Prüfung sagte sie:

„Er ist wirklich so, wie du ihn beschrieben hast. Auch ist er schön und doch gehört er nicht zu jenen, die ich meine.

Weißt du, ich wünsche, ganz bestimmte Steine zu finden. Sie sollen so beschaffen und geformt sein, dass ich ein Wohlgefühl verspüre, wenn ich sie in meiner Hand halte. Ich mag es gerne, ihre anschmiegsame Form und Wärme wahrzunehmen. Dann empfinde ich sie wie lebendige Wesen, die mir ihre Geschichte erzählen.“

Darüber wollte ich mehr erfahren, doch es ergab sich keine geeignete Gelegenheit, meine Begleiterin danach zu befragen.

Mehrere Strandbesucher kamen uns entgegen, sodass wir immer wieder getrennt wurden und eine ruhige Unterhaltung nicht möglich schien.

Als wir in das seichte Wasser am Strand ausgewichen waren und unsere Füße von den sanften Wellen des Meeres umspült wurden, hatte ich ganz vergessen, weiter nach Steinen zu suchen. Meiner Begleiterin schien es ähnlich zu ergehen, denn genüsslich schlurfte sie durch den leicht überspülten Sand.

Manchmal den Blick auf das wogende Meer weit draußen oder auf das rege Treiben am Strand gerichtet, wateten wir durch das knöcheltiefe Wasser.

Plötzlich bückte sich das Mädchen und griff in eine schäumende Welle. Was hatte sie gefunden?

Als sie sich aufrichtete, erkannte ich, dass sie etwas in ihrer Hand hielt. Nach einer gründlichen Prüfung ihres Fundes kam sie mit strahlenden Augen zu mir.

Noch ganz ihren Eindrücken und Gefühlen zugewandt, öffnete sie ihre Hand, in der ein kleiner ovalförmiger Kieselstein lag. Mit freudigen Worten sagte sie:

„Ich glaube, dass ich hier einen Stein habe, wie ich ihn zu finden wünschte. Er besitzt alle Eigenschaften, die ein wohliges Empfinden verspüren lassen. Seine Oberfläche fühlt sich glatt, weich und warm an und weist auf eine lange Reise hin, die er vollendet hat. Die zarte Maserung und die helle Farbe zeigen seine Herkunft an.

Nur – für meine Hand ist er etwas zu groß. Ich glaube, er passt gut zu dir. Doch öffne deine Hand und prüfe selbst."

Erwartungsvoll hielt ich dem Mädchen meine flache Hand entgegen. Behutsam legte sie den Stein hinein und wartete still auf mein Urteil.

Interessiert betrachtete ich das leicht gewölbte kleine Fundstück. Mehrmals drehte ich es auf meiner Handfläche von einer Seite auf die andere und schob es hin und her. Die gleiche Prüfung vollzog ich auch mit der anderen Hand.

Es war erstaunlich: Der Stein ließ augenblicklich ein angenehmes Gefühl in meiner Hand entstehen. Harmonisch schmiegte er sich an. Ja, er passte genau zu mir.

Beeindruckt davon bestätigte ich dies dem Mädchen. Mit einem Ton der Zufriedenheit in ihrer Stimme sagte sie, dass sie mir den Stein schenken möchte und ich ihn besonders dann in meiner Hand halten sollte, wenn ich mich in Aufregung, Bedrängnis oder gar in Not befinden würde.

Mit ernster Stimme fügte sie hinzu:

„Dieser Stein kann dir im Leben wirklich helfen. Er weiß von schweren Mühen, die auf dem Weg zum Ziel gefordert werden. Er wird dich gut verstehen und dir von seiner langen Reise viel erzählen."

Was offenbarte mir da ein Mädchen, ein Kind, das ich keine halbe Stunde kannte!

Das, was sie sagte, waren seit meiner Kindheit schon immer bedeutsame Themen für mich gewesen: wandern, reisen, unterwegs und offen sein für neue Begegnungen und Erfahrungen, lernen, erkennen, verstehen ... und schließlich ein Ziel erreichen – den Gipfel eines Berges, eine fremde Stadt, ein bestandenes Examen, das weite Meer ...

Herzlich bedankte ich mich und sagte ihr, dass wir nun noch einen Stein für sie finden müssten. Doch sie meinte, dass dies nicht so wichtig wäre, da sie bereits mehrere solcher Steine gefunden hätte und sie zu einer anderen Zeit ja wieder auf die Suche gehen könnte.

So vereinbarten wir, uns auf den Rückweg zu begeben.

Nach wenigen Schritten fragte mich das Mädchen, wie ich den Stein in meiner Hand empfände. Ich antwortete ihr, dass ich ihn innig und sehr angenehm verspürte, was sich auch auf meine allgemeine Befindlichkeit übertragen würde.

„Weißt du", sagte sie geheimnisvoll, „es gibt so viele schöne Steine – und der in deiner Hand gehört dazu. Zudem ist er sehr alt und kann dir deshalb viele Geschichten aus seinem Leben erzählen. Du brauchst nur still zu sein und aufmerksam ihm lauschen.

Gewiss erzählt er dir noch mehr als das, was ich – stellvertretend für ihn – dir jetzt berichte:

‚Vor vielen Millionen Jahren war ich in einem Meer entstanden und bin nun nach einer unvorstellbar langen Reise wieder dorthin zurückgekehrt. Der Anfang meines Entstehens reicht in eine Zeit zurück, in der ich als Teil einer weichen Kalkschicht auf dem Meeresgrund durch immer mehr darüber lagernde Schichten zusammengepresst wurde und durch den dadurch entstandenen mächtigen Druck zu festem Gestein erstarrte.

Im Verlaufe weiterer Millionen von Jahren wurden schließlich durch gewaltige Kräfte aus dem Innern der Erde diese Schichten aus dem Meeresgrund emporgehoben und zu Bergen aufgetürmt. – Wo sich einst ein Meer oder ein riesiger See befand, war ein Gebirge entstanden.

Nun trugen Wind, Regen, Frost, Eis und Schnee in ihrem Jahrtausende währenden Werk Stück für Stück der Berge ab und schwemmten uns unförmige Felsbrocken hin zu reißenden Bächen, die uns weiter zerkleinerten und unsere Kanten und Ecken abschliffen.

Schließlich gelangten wir grob gerundeten Schotter und Kiesel in Flüsse und Ströme, wo wir im dunklen Flussgrund Tag und Nacht gepresst, gerieben, geschoben und schließlich dem Meer zurückgegeben wurden. – Hier nun werden wir kleinen, an unserer Oberfläche noch rauen Steine weiter gewälzt und glatt poliert.

Wenn ein Menschenkind uns endlich findet, bergend uns in seiner Hand behält und nicht zurückwirft in den

Sand, dann sind wir am Ziel einer langen Reise an-
gelangt.'"

Das Mädchen hielt in seiner Erzählung inne.
Sie blickte zu mir und sprach in ruhigen, mit
Ernst betonten Worten weiter:

„Das war in aller Kürze nur eine Geschichte,
die ich für deinen Stein aus seiner Sicht wieder-
gegeben habe. Doch vor und neben dieser
Geschichte gibt es noch viele andere.

Dass die Kalkschicht auf dem Meeresgrund
hauptsächlich aus zerriebenen Skeletten von ver-
storbenen Tieren gebildet wurde, weist auf einen
noch früheren Zeitraum hin, in dem sich die
Bestandteile des Steines in den Knochen eines
lebenden Tieres befanden.

Manche Steine erzählen auch davon.

Wenn ich solch einen Stein, den ich wohl
äußerlich zunächst als hart und fest erfahre, in
meiner Hand als warm und anschmiegsam
empfinde, dann spüre ich, dass er nach einer fast
endlos langen Reise wieder zu seinem Ursprung
heimgefunden hat."

Meine Begleiterin war stehen geblieben; sie
wandte sich zu mir und fragte mich mit erregter,
aber fester Stimme: „Findest du nicht auch, wie
spannend und interessant dies alles ist?"

Ich bestätigte, dass ich ihre Überzeugung voll
und ganz teilen könnte. Beeindruckt von ihren

Ausführungen fragte ich sie, woher sie dieses Wissen habe.

Sie erklärte mir, dass sie vieles über die erdgeschichtliche Entwicklung in der Schule gelernt, mit Eifer in eigenen Büchern gelesen und dazu Bilder betrachtet oder von ihren Eltern erzählt bekommen habe.

Zu diesem Wissen, so gestand sie mir, würden ihr für jeden dieser auserlesenen Steine viele Geschichten *einfallen*, da sie von jedem Einzelnen in seiner besonderen Weise inspiriert werde.

Da ich nun selbst einen solchen Stein hätte, sollte ich es, wie sie es tat, ganz einfach einmal ausprobieren. Mit Gewissheit könnte sie mir jetzt schon sagen, dass ich eine interessante Zeit damit verbringen würde.

Schweigend gingen wir eine kurze Strecke weiter.

Um mehr über meine junge Begleiterin und ihre Denk- und Sichtweisen zu erfahren, fragte ich sie, welche Hobbys sie hätte.

Fröhlich gab sie mir zur Antwort:

„Ich spiele Klavier, genauer gesagt: Ich erlerne das Klavierspielen und das Tanzen in einer Ballettschule.

Obwohl ich schon mehrere öffentliche Auftritte hatte, möchte ich doch gestehen, dass ich mich erst am Anfang meines Weges befinde. Ich muss und will wirklich noch viel lernen und – vor allem üben."

Lachend ergänzte sie ihre Aussage:

„Ich hoffe nur, dass mein Weg nicht so lange sein wird, wie der des Steines, den du in deiner Hand trägst.

Oft sagt nämlich meine Klavierlehrerin: *,Du musst noch viele holprige Stellen abschleifen und harmonischer und weicher spielen.'* Erst dann, so meint sie, würden mich meine Zuhörer ganz annehmen und mir ihre Herzen öffnen."

Das Mädchen fragte mich, ob auch ich ein Instrument spielte und wie es mir mit dem Üben und Lernen erginge.

Ich bestätigte ihr, dass ihre Ansichten und Bemühungen in gleicher Weise ebenso auf mich zuträfen und gewiss auf all unser Tun übertragbar wären. Denn wir fänden doch immer wieder bestätigt: Wenn wir nicht stets selbst an uns arbeiteten, erginge es uns wie dem Stein – dann würde an uns gearbeitet werden.

„Ja", sagte sie lachend, „Übung mag der Meister!"

Ich erwiderte ihr darauf, dass ich ihr soeben gebrauchtes Sprichwort anders kennen würde, nämlich als: *Übung macht den Meister!*

„Ja, ja", lachte sie wieder, „es stimmt schon, wie du es gesagt hast. Ich habe es nur so im Spaß ein wenig verändert.

Doch schau, da kommt meine Mutter. Sie hätte sich sicher an unserem Gespräch gerne beteiligt; denn sie wüsste dazu viel zu sagen.

Stell dir vor, sie übt oft mehrere Stunden an nur einem einzigen Ton, bis sie damit richtig zufrieden ist. Sie ist nämlich Opernsängerin und sucht, so wie wir nach wohltuenden Steinen geschaut haben, nach wohlklingenden Tönen.

Aber eigentlich, so hatte sie mir einmal erklärt, suche sie nicht, sondern sie übe so lange, bis sie den gewünschten Ton gefunden habe."

Als ich ihre Mutter begrüßt und die Tochter ihr kurz erklärt hatte, worüber wir uns während unserer gemeinsamen Strandwanderung unterhalten hatten, bat sie mich vorsorglich um Entschuldigung. Sie meinte, dass ihre Tochter mich mit ihren *besonderen* Themen gewiss über Gebühr in Beschlag genommen hätte.

Ich musste widersprechen und erklärte, dass ich nur selten eine solch interessante Unterhaltung erlebt hätte.

Während wir die restliche Strecke am Strand zurückgingen, erzählte mir die Mutter des Mädchens von ihrer beruflichen Arbeit, die von ihr oft alle Kraft fordere. Vielleicht, so meinte sie, hätte sich ihre Einstellung zu fleißigem Üben auch auf ihre Tochter übertragen.

Nachdem wir uns nach dem kurzen gemeinsamen Weg in herzlicher Weise verabschiedet hatten, setzte ich mich an den Strand, um meine Erlebnisse und Eindrücke mit dem sich neigenden Tag ausklingen zu lassen.

Den so gewöhnlich und doch auch geheimnisvoll erscheinenden Kieselstein spürte ich warm und angenehm in meiner Hand.

Sinnend schaute ich über die ständig wiederkehrenden Wellen des Meeres zum Horizont, wo das Meer und der Himmel sich zu berühren und ineinanderzufließen schienen.

So saß ich lange in Frieden und tiefer Ruhe und betrachtete vor diesem Hintergrund meine wie Wolkenschleier langsam vorüberziehenden Gedanken.

Noch immer staunte ich über das Wissen des Mädchens und ihre Fähigkeit, große, weit gespannte Zusammenhänge von Ereignissen und Entwicklungen bildhaft zu beleben und auf ihre persönliche Lage und Daseinsweise zu übertragen.

Nach einiger Zeit erschien es mir, als ob die sanft an den Strand rollenden Wellen geräuschvoller

aufschäumten und in ihrer Größe zunähmen.
Was mochte der Grund für diese Unruhe sein?

Draußen auf dem Meer konnte ich kein Schiff
oder schnell dahin fahrendes Boot als Ursache
erkennen.

Während ich noch immer meinen Blick
fragend auf die gischtenden Wellen gerichtet
hielt, bemerkte ich, wie sich in mir ein Strom
suchender Gedanken zu einer Fragestellung ver-
dichtete und sich mir schließlich offenbarte:

„Was hatte dieses Kind mir in dieser eigentlich kurzen Zeit mitgeteilt?"

Es schien, als wäre durch diese Frage ein Tor in
meinem Bewusstsein geöffnet worden, durch das
in rascher Folge – den anbrandenden Wellen
gleich – weitere Gedanken drängten und sich
durch ihre Betonung mehr als Aussage denn als
Fragestellung darstellten.

Ist nicht alles Gleichnis und Widerspiegelung?

Bist du es denn nicht selbst, dem du begegnest?
*Das Mädchen – ist es nicht Spiegelbild deiner eigenen
Seele und der Stein in deiner Hand – dein Ich?*

*Was bedeuten die Kanten und Ecken, die dem Stein auf
seiner langen Reise abgeschliffen wurden?*

Kannst du erahnen, was ihm hätte geschehen können, wenn er nicht abgeflacht und sanft gerundet worden wäre? Bliebe er womöglich verkantet und eingeklemmt auf der Strecke?

Ist nicht dein ganzes Leben auch ein Wandern und ein Wandeln, das darauf ausgerichtet ist, als Resultat dem anschmiegsamen Stein in deiner Hand zu gleichen?

Hat das, was dir als Schmerz und Leid erscheint, nicht doch auch einen tieferen Sinn?
Kann die Not vielleicht auch eine Freundin sein, die starre Masken löst und dich zum Wesenhaften führt?

Ist die Zeit, in der du gedrückt, geschoben, gerieben und geschliffen wurdest, allein nur Leid und Not gewesen oder gleicht sie nicht auch einer guten Arbeit, die zur Vollendung deiner inneren Gestalt und Form beiträgt?

Und kann es sein, dass du selbst vom LEBEN aufgenommen und mit ganzer Liebe in seiner Hand gehalten wirst, wie es ein Kind mit einem wohlgeformten Stein in seiner Hand so gern empfindet?

So, wie die nur wenige Schritte vor mir anrollenden Wellen aus der unergründlichen Tiefe des Meeres bewegt wurden, schien es mir, waren auch die mir offenbarten Fragen als wogende

Bewegung aus der unermesslichen Weite des Lebens an mich herangetragen worden.

Allmählich wurden die Wellen ruhiger, auch meine drängenden Gedanken verebbten, und bald befand ich mich wieder im Frieden am Strand des sanft rauschenden Meeres.

In dieser Stille formten sich in mir leise die Worte: *Alles ist Gleichnis! Nimm es wahr und erkenne dich selbst darin!*

Eine erlebnisreiche Stunde am Fluss

Als es an einem Tag im Oktober noch sommerlich warm war, spazierte ich, zufrieden mit mir und der Welt, am Ufer eines Flusses entlang.

Mit einem wohligen Gefühl betrachtete ich die sanften Wellen, die – so schien es mir – mit den Sonnenstrahlen und den feinen Sandkörnern spielten. Ich spürte die angenehme Wärme und den weichen Sand unter meinen Füßen.

In dieser Verbundenheit mit den mich umgebenden Elementen von Wasser, Sand, Luft und Sonne ging ich eine Zeit lang am Ufer auf und ab. Nach einer Weile empfand ich ganz sacht, dass ich mein Wohlempfinden erhöhen könnte, wenn ich meine Schuhe und mein Hemd ausziehen würde, um dadurch meiner Umwelt noch näher zu sein.

Woher kam dieser Rat, diese Empfehlung? – Aus mir selbst oder aus meiner mir vertrauten

Umgebung, also vom Wasser, vom Sand, von der Sonne, von der Luft?

Immer stärker spürte ich, dass ich diesem Rat folgen sollte. So zog ich schließlich meine Schuhe, Strümpfe und mein Hemd aus und legte sie auf einem Stein ab.

Mit einem gesteigerten Wohlgefühl wurde ich sogleich belohnt, denn ich nahm mit einem noch intensiveren Bezug meine mir lieb gewordene Umgebung wahr.

Wieder ging ich am Ufer, im seichten Wasser watend, auf und ab und fing bald zu summen und zu singen an.

Wie könnte der Mund schweigen, wenn das Herz erfüllt ist!

Ja, ich war in meiner Ganzheit von Körper, Seele und Geist mit Freude durchströmt und spürte, dass ich in diesem gegenwärtigen Sein innig mit dem LEBEN verbunden war.

Froh gestimmt setzte ich meine Auf- und Abwärtswanderung am Fluss fort. Immer neue Eindrücke und Empfindungen wechselten beim Anblick des Spiels der Wellen mit den einfallenden Sonnenstrahlen.

So erlebte ich ein wundervolles Geschehen, das nach einer Weile durch einen langsam auf mich zukommenden Hund (ein Golden Retriever) verändert wurde. Er schien ein bestimmtes Ziel zu verfolgen, denn sehr konzentriert suchte er den Strand nach etwas ab.

Mir wurde bewusst, dass dieses herrliche Tier mein Einssein mit der mich umgebenden Natur nicht im Geringsten störte, sondern – im Gegenteil – bereicherte.

Bald hatte der Hund gefunden, was ihm für seine Zielsetzung geeignet erschien, und schon legte er, freundlich mit dem Schwanz wedelnd, ein Stück Wurzelholz vor mich hin.

Mir war klar: Er wollte mit mir spielen, mit mir kommunizieren, mit mir in eine Einheit kommen. Dazu war es hilfreich, das Stück Holz als *Kommunikationsmedium*, also als verbindende Brücke, zwischen ihm und mir einzusetzen.

So hob ich das Holzstück auf, was er mit großer Freude wohl mit *richtig verstanden* bestätigte, und warf es einige Meter weit. Kaum war das Holz in den Sand gefallen, so hatte dieses wunderbare Wesen es geschickt mit den Zähnen gefasst und zu mir zurückgebracht. Natürlich, das Spiel sollte weitergehen.

Oben auf dem Uferweg bemerkte ich ein Paar. Vermutlich waren es die Besitzer des Hundes, denn die Frau sprach mit vertrauter Stimme zu ihm. Ich fragte, ob er das Holzstück auch aus dem Wasser holen dürfte. Der Mann nickte freundlich und erwiderte, dass er dies gerne tun wolle und auch dürfe.

Also war das Spiel eröffnet: Stöckchen werfen, Stöckchen holen, Stöckchen werfen …

Lange ging das so. Das herrliche Geschöpf hatte seine große Freude damit und ich und die Besitzer nicht weniger.

Wie alles im Leben seinen Anfang und sein Ende haben, so kam auch hier der Augenblick, wo das Paar weitergehen wollte und den Hund zu sich rief. Glücklich, dass er ausgelassen hatte spielen und zugleich so konzentriert arbeiten dürfen, folgte er artig.

Nun war ich wieder allein mit meinen *alten Freunden*, dem Wasser, dem Sand, der Luft, der Sonne.

Langsam nahm ich wieder meine vertraute Wanderung am Ufer auf. Doch durch irgendwelche Umstände erlangte ich meinen früheren Zustand der Verbundenheit im Hier und Jetzt nicht mehr.

Was war geschehen?

Trauerte meine Seele nach dem nun abwesenden Hund? Hingen vielleicht noch unterschwellige Gedanken und Gefühle an dem Spiel, das nicht mehr war, sondern bereits der Vergangenheit angehörte?

Waren meine *früheren Freunde*, das verspielte Wasser, der feine Sand, die milde Luft und die glitzernden Sonnenstrahlen *gekränkt* und jetzt *abweisend* zu mir, weil ich mich von ihnen ab- und dem Hund zugewandt hatte?

Was hatte mich aus meiner innigen Verbundenheit mit dem Hier und Jetzt, *meinem Paradies*, vertrieben?

Deutlich spürte ich, dass ich mich nicht mehr in der erlebten Ganzheit mit mir und meiner Umgebung befand. Ich musste die Ursache der Trennung zu ergründen suchen.

Wieder fing ich an, langsam am Ufer umherzuschlendern; dabei lauschte ich aufmerksam in mich hinein. Ich wollte herausfinden, was ich tun könnte, um die Distanz zu mir selbst und meiner Umwelt aufzuheben.

Sollte ich diesen Platz verlassen oder weiter am Ufer auf- und abgehen?

Schließlich fing ich an, in spielerischer Weise ein Mandala, also meine Seelenverfassung, mit Hilfe eines Stöckchens in den Sand zu zeichnen.

Ein innerer Gestaltungsdrang ließ mich mit Steinchen, Muscheln, Hölzchen und sonstigem Strandgut mein nach außen gespiegeltes Seelenbild vervollständigen. Und auch das im Spiel mit dem Hund verwendete Holzstück war in das Mandala integriert worden.

Erst später war mir beim Aufschreiben dieser Geschichte bewusst geworden, dass ich dieses

Holzstück in meinem absichtslosen Tun als *Verbindungsbrücke* über zwei größere Kieselsteine gelegt hatte.

Nach einiger Zeit des Gestaltens verspürte ich ein Gefühl, dass mein Mandala fertig wäre, da ich eine gewisse Harmonie und Vollkommenheit in seinem Ausdruck empfand. Mehrmals ging ich um mein Werk herum, betrachtete es, ließ es auf mich wirken und versetzte verschiedentlich noch einige Steinchen und Muscheln in eine andere Position, die mir sodann harmonischer erschien.

Als ich schließlich nichts mehr ändern oder vervollkommnen wollte, setzte ich mich auf einen größeren Stein und betrachtete das Ergebnis meines spielerischen Tuns.

Langsam breitete sich in mir die freudige Gewissheit aus, dass ich *mein Paradies*, meine innige Verbundenheit mit der Welt im Hier und Jetzt, wieder gefunden hatte.

So saß ich lange und fühlte Ruhe und Frieden in mir und eine tiefe Verbundenheit mit allem, was mich umgab. In dieser Vollkommenheit wollte ich gerne verweilen, wollte dableiben, um mein Glück in Dankbarkeit zu genießen.

Ich blinzelte zu den in den Wellen sich spiegelnden Sonnenstrahlen und gab mich ganz diesem zauberhaften Geschehen hin. Eine Steigerung schien mir nicht mehr möglich: *Verweile Augenblick, du bist so schön!*

Doch ein plötzlicher Überfall versetzte mich in Erschrecken und zerstörte jäh meine Meditation. In meine wunderbar erlebte Harmonie war eine nicht aufzuhaltende Macht hereingebrochen und hatte meine so zart gefügte Ordnung aufgelöst.

Was war geschehen?

Ein Wirbelwind in Gestalt eines goldfarbenen Hundes stürzte auf mich zu. – Nein, zunächst nicht auf mich, sondern auf das schon einmal so begehrte Wurzelholz, das ich kunstvoll und harmonisch in mein *heiliges* Mandala eingefügt hatte. Mit einem *Schnapp* war es daraus entfernt.

Hatte der Hund in seinem Drang, mit mir spielen zu wollen, mutwillig meine heile Welt zerstört oder war er vielleicht in einem höheren Auftrag unterwegs? War er womöglich vom LEBEN selbst zu mir gesandt worden?

Denn seltsam: Ich empfand keinen Verlust, noch beklagte ich die Zerstörung meines *Kunstwerkes*, sondern ich *warf* mich geradezu selbst spontan in diese Dimension des Seins im Hier und Jetzt hinein.

Von neuem erlebte ich mich im Spiel in einer einzigartigen Verbundenheit und Vollkommenheit, die ich noch inniger verspürte als jene in der ersten Begegnung.

Oft und oft warf ich das Holzstück, das der Hund mit überschwänglichem Eifer und großer

Kraft aus dem Wasser holte, vor mich hinlegte und wartete, bis ich es erneut in die Luft wirbelte.

Ein weiteres Mal waren wir zu einer Einheit geworden, in der sich das LEBEN in seiner eigenen und unverwechselbaren Art ausdrückte.

Doch irgendwann trennten wir uns schließlich, und das herrliche Geschöpf kehrte zufrieden zu seinen Besitzern zurück.

Ich aber hatte wieder einmal erfahren, dass alles wirkliche Leben sich gründet und erfüllt in der Begegnung.